12 詩人のエッセイ

春に生まれたような

大分・北九州・京都などから

矢城道子エッセイ集

Michiko Yashiro

コールサック社

春に生まれたような

——大分・北九州・京都などから

目次

夏の章① 「夏の匂い」

夏の章② 「時の花 ――新聞掲載」

秋の章① 「風を生む種を」

秋の章② 「愛」心に響く ——新聞掲載

冬の章　「さがしもの」

春に生まれたような

――大分・北九州・京都などから

矢城　道子

序詩「桜の下で」

自然と涙込み上げてくる悲しみがあり
自然と涙込み上げてくる喜びがある
ふたつがぶつかり合うと
うまい具合に溶け合って
空しさと慈愛をこめた
奇妙な微笑みが出来上がる

ふたつに翻弄されながら
私の心は
前進しているのか
後退しているのか

また桜の季節がやってきた
薄桃色の桜が
有無を言わせず
私の顔を覆っている

春の章①　「春に生まれたような」

詩「春に生まれたような」

私は八月に生まれた
少なくとも両親はそう言う
しかし私は
春に生まれたような気がする
暖かな日差しを浴びながら
虫たちが蠢くように
花たちが一斉に開きだすように
私も生まれたのだと思う
なぜって・・・
こんなに嬉しいから
こんなに気持ちいいから

書くという喜び　――詩について

文を書くということは、心の中に舞い込んできた小さな種を、大切に育てていくことのような気がする。種なくしては何も生まれないのだ。いつも美しく愛らしい花が咲くとは限らないが、まずは育ててみようと思っている。白い紙を鉛筆で耕しながら。それは自分自身の心の中を耕す作業でもある。思いを言葉という形にできたとき、心の中では、次の植え付けの準備がなされているような気がする。

これまでいろいろなものが私の中を通り過ぎて行った。唯一通り過ぎずに残っているもの、それは「詩」なのかもしれない。詩は活字になったものの中だけではなく、この世に満ち満ちているもののような気がする。満ち満ちていながら容易には見えないもの、つかめないもののようだ。

詩のことを思うとき、私は必ず遠い日のある出会いを思い出す。

二十代前半の頃、友達と立ち寄った喫茶店で一篇の詩に出会った。それはテーブルの端に置かれた計算書の裏にあり、「レモン」という題の詩だった。高村光太郎の智恵子抄を題材にしたその詩は、光太郎と智恵子の間から詩が湧きいずる様が、驚くほどさらりと綴られていて、読んでいて心地よく、レモンの香気がぱあっと広がってくるようだった。「何ていい詩だろう」、そう思いながら作者を見ると、そこには店主と書かれていた。

そのまま帰宅したものの、詩が好きだった私は居てもたってもいられずに、喫茶店へ電話をし店主にかわってもらうと、「レモン」という詩に感動したこと、他にも書いた詩があるのなら見せてもらいたいことなど率直に伝えた。

店主である老紳士に会えたのは、それから二、三日後だったような気がする。喫茶店の向かいにある小さな画廊の隅に置かれた椅子に腰かけていた。突然現れた初対面の私に、何から話したものかと思いあぐねていたに違いない。まずは自己紹介をと思われたのか、奥から新聞の切り抜きを持ってきて見せてくれた。それは店主が彗星を発見した時の記事だった。天体に疎い私は驚きとともに、新鮮な話をわくわくしながら聴いていた。

亡くなられたお兄さんが詩人であったこと、理想を追い求めるも、自ら命を絶たざるを得なかったこと、そのお兄さんの詩も見せていただいた。終戦の時、奥さんに再会できる喜びで、疲労感などまったくなく、ただただ喜び勇んで帰ってきたという話も印象に残っている。その奥さんと一緒に楽しんでいるバードウォッチングのことなどなど、不思議と話は尽きなかった。そして最後に、諭すように言われたのだった。

「いい詩が書きたいからと言って詩のことだけ勉強してもだめですよ、いろいろな知識、色々な経験、いろいろな思いが一緒になって、初めて一つの言葉が生まれるのですよ」。

これは、私が心の奥底で大切に育て続けている言葉のひとつだ。時として私を戒めてもくれ、励ましてもくれる。

店主は自分のことを話したあと、私についてまだ何も知らないということを口にし、「書いた詩があるのでしたら、私にも見せてください。」と言った。

詩が好きだというだけで、人に見せられるような詩など持ち合わせていないという現実を突き付けられた一瞬だった。それでも何を思ったのか、帰宅するなり私は、とびとびの日記帳の隅に書かれた詩と呼べるかどうかさえわからないような文章に題をつけ、清書して持っていったのだ。多分自分をまったく知らない人だったから、恥ずかしげもなくそのような事が出来たのだと思う。店主は、稚拙な文章にもやさしい言葉をかけてくれた。

忘れもしない、私はこの時稚拙な文章以上に、恥ずかしい傲慢な言葉をくちにしてしまったのだ。「いい詩ができたからと言って、わざわざ人に見せる必要があるのでしょうか、いい詩ができたらそれだけで満足なのではないですか」。二十歳過ぎの、人に見せられるような詩を持たない未熟者の言葉だった。店主は微笑みながら二、三の言葉を返してくれたのだが、それは私を真からうなずかせるものではなかった。

しかしながらどんなに愚かな問いかけでも、忘れないでおけば、一つの種として育てておけば、いつか答えは返ってくるもの、そうだったのかと思える日が来るのだ。

その後私は、あの時の問いをみごとに解いてくれる決定的な文章に出会ったのだ。『詩のすきなコウモリの話』（ランダル・ジャレル作　モーリス・センダック絵　長田弘訳）の中に出てくる一節、「問題は、詩を作ることじゃないんだ。問題は、その詩をちゃんと聴いてくれるだれかをみつける、ということなんだ」。

私は心底うなずいた。二十年以上前の問いかけにそうだったのかとうなずいたのだ。どんないい詩よりも、それをちゃんと聴いてくれる誰かのほうが大切なのだ。それは自分のことを、本当に理解してくれるだれかなのだろう。

単純なことほど、本当にわかるのは難しいものだ。複雑なことは、わからないということがはっきりわかるのだが、単純なことは、わかったつもりになりやすいからだ。そして、単純なもののなかにこそ、本当に大切なものがかくされているようだ。

わかっていることはほんのわずか、わからないことがたくさんあり過ぎるから、そのもどかしさに耐えきれず、詩のことを思ってしまうのかもしれない。詩がなんであるかさえわからないまま……。

いつも詩にとらわれながら、一向に詩を書けないでいる現在の私なのだが、書けないほど、会えないほど、思いは募るばかり。いつの日か、一つの言葉に出会えるのを夢見ている自分がいるのだけは確かだ。それはこちらから貪欲に探し求めるものなどではなく、ふとした瞬間に、向こうからやってくるもののような気がする。もちろん私は、不器用な手で、自分の小さな畑を耕しながら、舞い込んできた小さな種を受け止められるだけの土壌をこしらえておかねばならない。

この文章を書いたのは十年前のこと。

昨年私はある会で、この「レモン」という詩を朗読する機会を得た。長い間押入れの奥にしまわれたままになっていた詩に光が当てられたようでやけに嬉しかった。そのことを、ずっと音信不通になっている店主にも伝えたいと思った。当時店主が口にしていたわずかな手掛かりを頼りに、その息子さんと連絡をとることができた。

残念ながら、店主はすでに遠くへ旅立たれていて、私のもとには一冊の詩集が届いた。

その詩集の一番はじめに、「レモン」という詩はおかれていた。

レモン

智恵子さんが
レモンを好きで
光太郎さんが
それを詩に読んだ

気が狂って
愛に一途になれた智恵子さんを
光太郎さんは
天女のように尊んで
智恵子さんの
好きなように好きなように

日々の生活をいとなんだ
あだたら山の空と
レモンの香気
光太郎さんも
エーテルのようになって
詩が生まれた

店主

愛は心の木　――音羽山の千本桜

娘が学生生活を送っている京都を一年ぶりに訪ねた。二月とは思えない陽気に恵まれ、桜の季節には早いとあって、人ごみに紛れることなくいくつかのお寺をめぐることができた。

最初に訪れた「清水寺」では本堂にて、鐘の音に包まれながら静かに手と手を合わせた。花の時を前に、木々の枝が澄み切った青空と相まって、お互いを際立たせていた。音羽山の斜面に植えられた千本桜には、その一本一本に植えた人の思いの込められた札が添えられていて、その中の「愛とは心の木」という文字が私の心を捉えた。なるほどという思いとともに、漠然としたその木をイメージしながら進むこととなった。

帰り際訪れた「智積院（ちしゃくいん）」というお寺では、長谷川等伯による国宝の障壁画「楓図」の前でしばし佇んでしまった。その横には、二十六歳の若さで急逝した息子長谷川久蔵の描いた「桜図」が置かれ、満開の花を咲かせていた。「楓図」は、息子が亡くなった翌年、父等伯が無常の感を振り切り、自己の生命力を画面いっぱいに傾けて描き出したもののことだった。

一旦大地に根を張ったからには生き続けねばならない。その力強い幹や枝の激しい動きに、私は等伯の姿を重ねた。何百年も生き続けてきた「心の木」を見せてもらえたような気がした。

緻密な記憶　——台所の梅の枝

三月が近いというのに、正月活けた梅の枝がいまだ健在で、次々と蕾をほころばせている。気づけば、台所のグラスの中で根を伸ばす蔓性の植物にも新たな葉が生まれている。いったいぜんたい植物は春をどうやって感じ取っているのだろうか。土から離され風のない家の中で、水道水につかりながらどうして春だとわかるのだろう。気の遠くなるような緻密な記憶が、植物の細部にまで浸みこんでいるに違いない。

かつて子育てに追われていた頃の私は、花を愛する知人に「花はきれいだけれど、すぐに枯れてしまうし、手入れや後かたづけが大変だから嫌になる。」ともらしたことがある。その時「だからいいんじゃない。」という言葉を返されはっとしたのを思い出す。

やっと私にも、花は変化し続けるからいいのだということがわかってきた。だから何度見ても飽きないし何度も見たくなるのだ。

自分の心が停滞している時も、花は変化して時が確実に過ぎていることを教えてくれる。

しかも、二度と訪れないかけがえのない時が過ぎているということを。

人の一生も、実は緻密な記憶に導かれているのかもしれない。偶然を装いながらどこまで計算されているのだろうかといぶかしく思うことすらある。なにはともあれ、かくいう私も少しずつは変化しているようだ。

子規の病床六尺　——梅も桜も桃も

向かいの庭の、梅のつぼみがほころんで、枝先の白色が日ごと賑やかになっていく。いつの間にやら立春も過ぎ、桜の季節もそう遠くはない。この時期、ついつい思い浮かべてしまう景色がある。

正岡子規が病床にて、苦痛に堪えながら綴った日記形式の随筆集「病床六尺」に出てくる景色だ。

「病床六尺、これが我世界である。しかもこの六尺の病床が余には広過ぎるのである。」という、病気で苦しんでいる人とは思えない力強さで始まる随筆集の文章ひとつひとつには日付が記されていて、この本を初めて手にした時、私は自分の誕生日八月十日に、子規はどんなことを考えていたのだろうかと気になって一目散に開いてみた。

「梅も桜も桃も一時に咲いて居る、美しい丘の上をあちこちと立って歩いて、こんな愉快な事はないと、人に話し合った夢を見た。睡眠中といえども暫時も苦痛を離れる事の出来ぬこの頃の容態にどうしてこんな夢を見たか知らん。」

とあった。

私が思い浮かべてしまうのは、この夢の中の景色だ。苦しみの最中、一瞬でも喜びを味わった日だったのだなと、当たりくじを引いたような嬉しい気持ちになったのを覚えている。

「病床六尺」は、明治三十五年五月五日から新聞「日本」に掲載され、同年九月十七日の日付をもつ百二十七回で幕を閉じているようだ。それは子規の公表した最後の文章であったとのこと。その二日後に子規はこの世を去っている。

ＮＨＫで放映されていたドラマ「坂の上の雲」の中で、正岡子規が死の間際、親友で海軍兵の秋山真之にかけた言葉が印象に残っている。

「お前の世界は広いんじゃ、わしの世界は深いんじゃ」。

病床六尺、畳一枚分の広さであっても子規のそれは、百年以上経った今でも、私たちをすっぽり包んで余りある深い深い世界のようだ。

南吉のタンポポ　――故郷の空気

「たんぽぽの幾日ふまれて今日の花」

今年もまたこの句を口ずさむ春がやってきた。

十年ほど前、息子の授業参観の折、教室の隅にはられていたこの句は私のお気に入りで、当時の手帳にしっかりと刻まれている。確か愛知県出身の童話作家新実南吉が、まだ幼い頃詠んだ句だという添え書きがあった。

春のへ思いは、萌いずる草木の息吹抜きには考えられない。寒い冬に耐え、じっと我慢し続けてきたものたちが、一斉に動き出すときの喜びそのものだ。自然の一部である人の心とてじっとしてはいられない。各々誕生日は違っても、最初に生命が誕生したのは春だったような気がする。咲き乱れる花々はその証(あかし)なのかもしれない。

幼い頃、名前も知らずに何気なく見ていた花々が、年を重ねるごとに近づいてきている。

五歳の頃まで住んでいた家の庭に咲いていた、ハナズオウ（花蘇芳）、ユキヤナギ（雪柳）、レンギョウ（連翹）は、在りし日の祖父母の面影とともに、故郷の空気を私のもとに届けてくれる。

レンゲソウ（蓮華草）で埋め尽くされた田んぼに大の字になり、大空と向かい合ったのは夢か現（うつつ）か、今年も芽吹き始めた草木たちは刻々と変化を遂げ、今という時の儚さと大切さを教えてくれることだろう。

今春、大学受験を終えた息子が東京で一人暮らしを始めることとなった。本人なりにもがきながらたどり着いた場所だ。不思議と苦い思いをしたであろう日々が鮮明に蘇る。

タンポポ（蒲公英）の句は、まぎれもなくわが子のために口ずさんでいたのだということに気づかされる春。

紅梅だろうか　――引っ越し先の庭木

六度目の引っ越しを終えほっとしている。家の中のものをひとつ残らず運び出すという難儀な作業から解放されたのだ。捨てられないたくさんの物たちと格闘しながら、もうこれ以上物はふやすまいと何度思ったことか。とはいえ、物が運び出された後の家は、なんとも殺風景で寒々しい姿だった。一方、荷物が運び込まれたほうの家はにわかに息づき、やがて台所で煮炊きなど始まると、家の中に血が通ったのを感じた。

大きさも間取りも異なる家に移ると、今まで居座っていた物が影をひそめ、隅っこで不要だと思われていた物が、意外な場所で重要な役目を果たしていたりして、こういう使い方もあったのかと目から鱗、そのものが喜んでいるようで嬉しくなる。

住み慣れた家を離れるとき、一抹の寂しさはあるものの、それに伴う数々の出会いを思い起こすと、出会いの時が熟して引っ越しが生じたような、そんな気さえしてくる。引っ越しは私の人生にかなり彩りを与えてくれているようだ。

移り住んだ家の庭では、垣根のカナメモチから赤い芽が伸び始めている。ピンクの蕾は
紅梅だろうか、新たな場所に置かれた私自身の今まで気づかなかった一面も見てみたい。

春の絵手紙　――ユキヤナギが散る

三月、京都での学生生活を終え、東京で働くこととなった娘の引っ越しの手伝いで、二週間近く家を空けておりました。その最終日二十五日、東京駅にて私は、天皇皇后両陛下にお目にかかることができたのです。伊勢神宮へ向かわれるため東京駅にお着きになった両陛下は、笑顔で手を振ってくださいました。美智子皇后の美しさはくっきりと、今でも心の中に残っております。

両陛下のご到着を待っている間、偶然隣に居合わせた七十代かと思われる女性と、幸運をたたえあったのち、「娘の引っ越しを終えてほっとしているところなんですよ。」と声をかけると、「私は絵手紙を描いていて、今日は東京駅を描くために新潟から来たんですよ。」といわれた。絵を観ることの好きな私は躊躇(ちゅうちょ)することなく、「私も絵手紙欲しいです、送ってください。」とお願いして、住所と名前を書いて渡したのです。ずうずうしいと言われればそれまでなのですが、それを許して下さるであろう優しさが、その方からにじみ出ていたのも確かです。農業をしながら絵を描いてこられたとのことでした。

帰宅すると、福岡は春爛漫。桜は満開であちらこちらに花々が咲き乱れておりました。うちを出るときまだ咲いていなかったユキヤナギ（雪柳）が散り始めているではありませんか。

無我夢中の二週間が夢の中の出来事のようでした。

先日郵便受けの中に、和紙でできた大きな封筒をみつけ、すぐには合点がいきませんでしたが、開けてびっくり、幅六十センチの和紙いっぱいに東京駅が、その中央に天皇皇后両陛下が描かれていました。その真正面に立っていた自分の姿が蘇りました。

はがき大の絵手紙を想像していた私がどれだけ感動したか、今この絵手紙に合う額縁を捜しているところです。

英彦山（ひこさん）の鹿　――父の通夜

父の四十九日の法要を終え、一週間ほど過ぎた日曜日のこと、雨が降っているのにもかかわらず、新緑にいざなわれるように夫とふたり英彦山（ひこさん）麓まで車を走らせた。スロープカーで中腹まで上り、神社に参拝する頃には雨はやみ、霧も晴れ、遠くの山並みも徐徐に姿をあらわした。輝きを増していく新緑の中に、石楠花（しゃくなげ）がふくよかに咲いていて、登山できる格好ではないのにじっとしていられず、さらに上のほうへと登って行った私は、なんと野生の鹿と遭遇したのだ。角の生えていない初々しい鹿だった。十メートルほど先の陽の当たる場所で、雨に濡れた毛を乾かしていたのだろうか、そこだけ後光が射しているように美しかった。

私は父の通夜の日のことを思い出していた。母を乗せた車の中、ライトに照らされ慌てて茂みに入って行く一匹の鹿を見たのだ。一瞬こちらを見て去って行った。人の姿では会うことのできない父が、せめて一度だけと鹿に姿を変え、会いに来てくれたような気がしてならなかった。その顔は、もうそっちには戻れないのだよと言っているようだった。

じっとこちらを見つめる英彦山の鹿に手を振ってみると、きょとんとした顔で逃げようともせず、純真無垢な姿で立っていた。

お父さんは遠くへ行ってしまったのだなと思った。何も心配することのない場所へたどり着いたのだと感じた。

心の写真　――シャガの花が咲き

一枚の写真がある、心の中の一番深い所に。

それには、亡き祖父とのお墓参りの光景が写し出されていて、いたるところに季節の花々が散りばめられている。

こんもりと生い茂る草木に囲まれて大小の墓が並び、周りにはシャガ（著莪）の花が咲き乱れている。うす紫色がとても印象的だ。そこから少し下りたところに、みょうがの葉が群生しているのが見える。

お墓参りの帰り私は、湿り気を帯びたその葉をかき分け根元の白い花を探すのが好きだった。ミョウガ（茗荷）は私の大好物なのだが、味や香りもさることながら、それをみつけて抜き取るときの喜びが蘇ってくるからなのかもしれない。

さらに下りて行くと、五歳のころまで住んでいた土間のある古い家の庭に辿りつく。季節は前後してしまうのだが、そこに咲くユキヤナギとハナズオウは見逃せない。もちろん幼い頃は花の名前など知らずに過ごしていた。写真に写っている花がハナズオウだと知ったのは、植物に興味を持ち始めたごく最近のことである。

人は誰しも心の中に一枚の写真を持っていて、それは多分、物心つくころ全身で写し撮ったものなのだろう。その写真の存在に気づくのは、随分大人になってからなのだが、人はその写真の場所から迷い出て、再びそこへ帰って行こうとしている旅人のようだ。その写真は額に入れて飾ることはできないが、色あせることなく、ひとりひとりの心の中で輝きを増し続ける写真なのだ。

マツバウンラン　――春の熟した頃

マツバウンラン（松葉海蘭）という名を知ったのは去年の今頃、春の熟した頃だった。ふと入った脇道にちょうど目の高さに位置した空き地があり、そこが青紫色に染まっていたのだ。目の前に広がる紫に、私は一瞬何が起こったのかとたじろいだ。近づいてよく見ると、ひょろりと伸びた細い茎の先に、小さな青紫色の花をつけた草花が群生していたのだ。周りにはスミレの花も咲いていて、まさに紫の絨毯を敷きつめているようだった。

以前リサイクルセンターで手に入れた写真入の本『なごや野の花』（安原修次）のおかげで、マツバウンランという名を知った。葉が松葉に似て細長く、近畿地方を中心に広がっているとのこと、北米原産の帰化植物であることが分かった。最後のページに作者安原さんのサインがあり「野の花はみんなの宝」と記されていた。

今年もぼちぼち咲き始めたので、その空き地に何度となく立ち寄って楽しみにしていたのだが、昨年の光景に近づいてきているなと思った頃、草刈が行われていた。

土地を管理している人にとっては、草は早いうちに刈り込んでおかねばならないものだということもよくわかる。

昨年目にしたあの光景はまさしく、一期一会といえるだろう。

花どろぼう　――スミレとハナニラ

五月に風邪をひくとは思ってもみなかった。ゴールデンウイーク明けから梅雨のような天気が続いていて、嫌気がさしていたのは確かだ。その気持ちに付け込むかのように妙な悪寒が走り、三日前三十八度近くの熱を出して寝込んでしまった。あの輝かしい五月はどこへ行ってしまったのかと歯がゆい思いを持て余していたのだが、今朝は久しぶりに強い光が射し込んでいる。

大量の洗濯物を干しながらへとへとになっている私の耳に、重機の音が響いてきた。どうやら近くの家屋が取り壊されているらしい。ずいぶん前から空き家になっていたところだ。家主不在の庭に四季折々の花が咲き、私はいつも楽しみにしていた。バキバキという音とともに、春先のロウバイ（蝋梅）やサンシュユ（山茱萸）、スイセン（水仙）やツバキ（椿）を思って悲しくなった。

植物好きのお向かいさんと目が合ったので、「きれいな花がいっぱいあったのに残念ですね」と声をかけると、「もらってこようか」という思いがけない、それでいて期待通りの言葉が返ってきた。二人はすぐに意気投合、スコップを手に現地へ向かっていた。

工事のおじさんにことわりは言ったものの、邪魔になってはいけないので結局、歩道のほうにはみ出しているスミレ（菫）とハナニラ（花韮）の一部を救出するにとどまった。

それにしても、人は目的を見い出すと俄然強くなれるようだ。病み上がりでふらふらしていたはずの私は五月の空のもと、いつの間にやら花どろぼうへと変身していたのだった。

ホトトギス

移り住んで四年目になる家の近くには竹林があり、五月中旬になると、ホトトギス（子規）が鳴き始める。図鑑などでその鳴く声は、「テッペンカケタカ」「特許許可局」といった言葉で表わされていて、その声が聞こえてくる度に、私は二つの言葉を重ねてみる。ぴったり合ったり一音足りなかったり、ホトトギスも色々な鳴き方を試しているらしい。

俗説によると、ホトトギスは一日に八千八声鳴くので、江戸時代の百科事典に、「その声を学べば人をして吐血せしむ」とあるようだ。

正岡子規は吐血した翌年の五月から子規（ホトトギス）と名乗るようになったとのこと。吐血してなお、死の間際まで自分の言葉を発し続けた子規にぴったりの名前だ。

「少々音が外れても、一音足りなくても、生きている限り自分の言葉を発していこう。」

ホトトギスに励まされる日が続いている。

『京都　銀月アパートの桜』との出会い

京都市左京区にある銀月アパートの桜を初めて目にしたのは、二〇一〇年の春、娘の大学入学時、引っ越しの手伝いで京都を訪れている時でした。その頃私は愛知県に住んでいて、娘の引っ越しを終えた後、自らも荷物をまとめ、夫の待つ北九州へ引っ越しをせねばならぬという目まぐるしい日々のさ中でした。そんな時にもかかわらず私は、水路沿いの桜並木に誘われるように横道にそれ、吸い込まれるように銀月アパートの桜の下に立っておりました。そこへ巡り着くのが当然であるかのように。得体の知れない美しさに、ただただ驚いて立ちつくしておりました。古いアパートと桜にどうしてそこまで引きつけられたのか、言葉にはできない何かが凝縮されているようでした。

甲板の剝落しかけた文字を読み取ろうとしたのですが、アパートメントの前の文字がどうしても読み取れず、じれったい思いで、自転車で通りかかった青年に、「このアパートには誰か住んでいるのかしら」と尋ねると、「住んでるみたいです。以前、夢野久作も住んでたらしいですよ」と言って去っていった。謎は深まるばかりだった。

あれから三年以上の時が過ぎ、二〇一三年六月一日、私は京都のアスタルテ書房にて、浅山泰美(ひろみ)さんの『京都　銀月アパートの桜』に出会ったのです。表紙の写真にはっとさせられ、すぐに手に取りめくると、「小説でもエッセイでも何でもよい。『京都　銀月アパートの桜』という題名の本を書きたかったのである」という浅山さんの思いが飛び込んできました。思わず心の中で「ありがとう」と叫んでいたようです。熱いものが込み上げてきました。無理もありません。ずっと知りたかったアパートの名まえが題名の、ずっと心に引っかかっていた景色が表紙になった本が目の前に現れたのですから。

迷わず購入し、帰りの新幹線にて一気に読んでしまいました。

私の心の中の小さな的に命中したありがたい本を届けて下さった浅山さんにその喜びを伝えたいと思い立ち、私はすぐに手紙を書きました。送ろうとコールサック社に電話をすると代表の鈴木比佐雄さんが懇切丁寧に対応して下さり、すぐに、続篇のエッセイ集『京都　桜の縁し』と詩誌「コールサック」(石炭袋)75号も送って下さいました。今、「コールサック」を少しずつ真剣に読み進めているところです。銀月アパートの桜との出会いは、浅山さんとの出会いであると同時に、コールサック社との出会いでもあったようです。

私はストーリーテリングという昔話などの語りを始めて八年ほどになるのですが、北九州へ引っ越して来てすぐ、そのストーリーテリングの会で知り合ったSさんと「らんぱんぱん」という会を立ち上げました。

詩、ストーリーテリング、絵本、ブックトーク、何でもありの、誰でも参加できる会です。Sさんがずっと思い描いていた会が発足してちょうど三年になります。ちなみにこの会の名づけ親は私です。

インド民話「ランパンパン」に出てくるかけ声で、王様に女房をさらわれたクロドリが武装して、王様に戦いを挑む時の声なのです。小さなクロドリがどんな逆境にも屈することなく「ランパンパン、ランパンパン、ランパンパンパン」と進んで行くのです。Sさんもまさにそういう人なのです。私は迷うことなくこの名前を思いつきました。

その会の冒頭、毎回私は詩の朗読を担当しているのですが、六月の会にて、「コールサック」75号の中からふたつの詩を朗読しました。

淺山さんの本との出会いを告げた後、彼女の詩「静かな水」を、衝撃を受けた詩としてくにさだきみさんの「踏み台」を、長津功三良（こうざぶろう）さんの書評の中にあった詩の背景にも触れました。

詩は、声によってどこへでも飛んでいける生きものになるようです。

淺山さんの本に出会ったからといって、銀月アパートの謎が解けたわけではありませんが、私の中に三年以上つかえていた思いが動き出したのは確かです。淺山さんは本の中で、「謎があるからといって、たやすく解き明かそうとすべきではない。私たちの人生がそうであるように」と言っておられます。

まったくそのとおりなのです。

詩「春」

春になると
体内に収まりきれなくなった感情が
一気に飛び出してきて
大気中に充満するのです

感情の乱れの中
モンシロチョウは
真っ直ぐ飛べなくて
ゆらゆら　ゆらゆら

それまで抑えつけられていた感情は

美しいものに憧れて
桜の花びらと花びら
おしべとめしべの間などに隠れて
花の寿命を縮めます

ほどよい風が吹こうものなら
感情たちは
思いっきり自由に
空が飛べるのです
白いベールをかぶって
光の精と戯れながら

私などは
いやに軽くなってしまって
良きも悪しきも

ありとあらゆる感情を
蓄え始めているのです
この次の春まで

春の章②「大地の魔法——新聞掲載」

詩「春の雨」

春の雨には
音がある
春の雨だけにしかない
音がある
青葉にパタパタ落ちる
音がある

春の雨は
のんびりしている
地面をしっとり潤わせるだけの
大らかさがある

若葉も
れんげも
たんぽぽも
みんな春の雨を
受けとめている
私も一緒に
受けとめている

春を告げる花　リュウキンカ

早春の光を浴びて、時が来ましたというように、最初のリュウキンカ（立金花）のつぼみが大きく開いた。

金沢の友人から株をもらって十年近くたつというのに、今年もまた、つややかな黄金色の花びらに見とれてしばし、しゃがみ込んでしまった。

春一番に咲く花は、ひときわ大きく輝いて見える。例年のように見とれる私の背中も、お天道様に温められて一瞬、とこしえとも思われるような安心感に包まれた。

リュウキンカは寒冷地の湿原に遅い春の訪れを告げる花のようだが、夏の暑さもなんのその、植木鉢の中で株を広げ、毎年必ず姿を見せてくれる。

この美しさを誰かに伝えたくて、近所の人や九州の母にまで株分けしてしまった。今頃、金沢のリュウキンカが至るところで咲いていることだろう。

花の一輪が咲くことが、どうしてここまで人を喜ばせるのか。

不思議でならない。

自然に咲いた　タネツケバナ

土だけになっていた小さな植木鉢に、白い花が咲いた。どこからか種が飛んできたのだろう。鉢の中心にしっかり根付いているようで、仕立てた花以上にさまになっているので、思わず見とれてしまった。この時とばかり、本棚の奥にしまわれたままの柳宗民『雑草ノオト』を開く。タネツケバナという雑草であることが分かった。

「種漬花」の意で、稲の種もみを水につける時期と花の時期が合致するということだった。群生すると田起こし前の田面(たのも)が淡雪をかぶったように白くなる、とも書いてあった。

里山がどんどん削られ、宅地と化していくのを目の当たりにする今日、草花たちは、ずいぶん生きにくくなっていることだろう。同時に、私たち人間も生きにくくなっているのを感じる。

我が家に迷い込んできたタネツケバナは、そのことを知ってか知らずか、なんとも凛(りん)とした姿で、誇りを持って咲いている。

春の息吹放つ　ギボウシの葉

今年もギボウシ（擬宝珠）の葉が伸びていく。その柔らかな緑色にうっとりし、自分も毎年、こんなふうに生まれ変われたらいいのに、などと思ってみる。

赤みがかった芽が出てきたのはついこの前のことで、ものすごい勢いで地上に飛び出してきたらしく、とがった頭の先には、枯れ葉が突き刺さったままだった。やんちゃっ子の帽子を脱がせるように、私は喜びとともにその葉を外し、地面に戻したのだ。

そして翌朝、沸き上がってくるような温かさに耐えられず、あれだけ親しんでいた毛布を足げにしてしまっていた私は、難問を解き明かしたかのように、すがすがしい気持ちで台所に立っていた。春に突き動かされ、いてもたってもいられずに、地上に出てきたギボウシの気持ちを似ても似つかぬ姿で体感できたと思ったからだ。至極こっけい。

ちまたには、少し大きめの制服に身を包み、幼げな目を輝かせながら自転車をこぐ子どもらの声がする。またしても、伸びゆく子らの中に、ギボウシの姿を重ねている私なのである。

ものみな輝く季節に胸弾む

大きく開いたハナミズキ（花水木）の花の横で、ライラックの花房が甘い香りを漂わせている。満開のヤエザクラ（八重桜）に見とれながらも、ヤマブキ（山吹）の黄色に目を奪われる。控えめなドウダンツツジ（満天星躑躅）が現れたかと思うと、今度はハナズオウ（花蘇芳）の鮮やかなピンクだ。ふっくらしたチューリップの向こうには、フジ（藤）の紫色が心地よく連なっている。

今時分、外を歩くと、新緑と花の競演に胸がいっぱいになる。雨上がりなどは格別で、澄み切った青空のもと、すべてがキラキラ輝いて、えもいわれぬ景色だ。

庭の花木もさることながら、土手や空き地の若草さえもきらめいて、小さな草花たちが群れている。大地に魔法がかけられたようだ。

川沿いでカワセミを見かけた。一羽がもう一羽に餌を渡していた。さえずりながら、猛烈な速さで去って行ったが、その青色は今も目に焼き付いている。

自然界の色の美しさに圧倒される季節だ。

不思議な匂い　オガタマの花

窓を開け放って掃除をしていると、オガタマ（招霊）の花の香りが家の中まで漂ってくる。木の下は白い花びらでいっぱい。香りの正体を確かめようと外に出る。花びらをかいでみても、さほどの香りはしない。「花おりおり」で「花の香りはバナナを思わせる」と紹介されていた。不思議なことに花が咲いているのに、まったく匂（にお）いがしないときもある。何で匂わないのか分からないのだが、雨上がりに強い日差しを受けると香りが強くなるような気がする。

香りをかごうと近づいても匂わない。気に留めてもいないとき、不意に香りが迫ってくる。まったくもって気まぐれなのだ。

もっとも、期待していると裏切られ、あきらめた頃にやって来るのはオガタマに限ったことではないような気もする。あれこれ詮索（せんさく）しなくても、花の香りは五月の風が、ちゃんと運んでくれるのだけれど……。

散歩で感じる自然の大切さ

日ごと濃くなる緑の中、川と水田に挟まれた農道を歩いていると、鳥たちのさえずりが聞こえてくる。カモやツバメは珍しくもないが、キジやカワセミまで現れる。

ざっと数えても十種類は下らない。鳥たちにとって、最高の季節なのだろう。川面にはカメやコイの姿が揺らいで見え、大きなウシガエルに出くわすこともある。

最近、川は地球を走る血管のようだな、と思うことが多い。血管がよどんだり詰まったりすると、人間が病気になるように、川が正常に流れないと様々な問題が生じる。だから「血液」はサラサラに限る。きれいに耕された田畑は、深呼吸したような大地の喜びが伝わってくる。大地をコンクリートで固めては元も子もない。人間だって自然の一部だから、コンクリートの上では正常な方が不思議だ。

温暖化など自然破壊が進んでいる今、地球という大きな母体を自分の体のようにいたわる時が来ていると思う。

「鬼哭啾々」を知った出会い

最近、ある出会いで鬼哭啾々（きこくしゅうしゅう）という言葉を知りました。散歩途中に満開のシダレザクラ（枝垂桜）の前で立ち止まった私は、七十代後半と思われるその家のご主人らしい人と目が合ったので、「美しいですね」と声をかけました。サクラは二人のお孫さんの誕生を記念して植えたとのことでした。

他の花々についても言葉を交わしていると、「ちょっと待ってください」と言って、「遥（はる）かなる祖国への道」と書かれた分厚い原稿のコピーを持ってこられました。本にしたいのですが、と手渡されたその中には昭和十七年、満蒙（まんもう）開拓「鍬（くわ）の戦士」として渡満したその方の一家が、敗戦とともに味わった苦難と危機、悲惨と絶望がつづられていました。最後に「満州引き揚げの途次、路傍に果てし父母姉弟をしのんで詠む」と印象的な歌があったのです。

過ぎし日の哀（かな）しみ紡ぐ糸ぐるま軋（きし）める音ぞ鬼哭啾々

本紙夕刊に連載された「ハンセン病はいま」を読んでいましたら、また鬼哭啾々が迫ってきました。

人々の心を慰めたモンゴル民話

ストーリーテリングを始めて六年目になる。昔話などを暗記し、その情景や心情を体にしみ込ませてから語る。大切に育んでいる話が幾つかあり、中でもモンゴル民話、「スーホの白い馬」は別格だ。

貧しい少年スーホは心をこめて育てた大好きな馬を横暴な殿様に殺されてしまう。悲しさと悔しさで眠れないスーホがやっと眠り込んだ時、夢に白馬が出てきてスーホに話しかける。「そんなに悲しまないで下さい。それより私の骨や皮や筋や毛を使って、楽器を作って下さい。そうすれば私はいつまでもあなたのそばにいられます。あなたを慰めてあげられます」

今、肉親を失った全ての方に、この言葉を届けたい。亡くなられた方々が現世で悲しんでおられる方々のことを心配されているような気がしてならないからだ。

スーホは楽器を作り、それは馬頭琴としてモンゴルの草原中に広まった。悲しみ苦しんでおられる方々が、たくさんの思い出でこしらえた楽器で、それぞれの音を奏でることを願ってやまない。その音こそ、ともに生きんとする人々を心の底から、癒やすことができるのではないだろうか。

もし私だったらポリ袋に何入れる

昨年四月に移り住んだ家の庭には私の大好きな花、ネジバナ（捩花）が自生していて、今年もその開花を待ちわびている。他の草に埋もれそうなネジバナの葉を踏んでしまわないように、その葉を見つけると目印に石ころを置いてきた。無造作に散らばったその石の一つ一つには絵が描かれていて、通るたびに私を微笑ませてくれている。巣立っていった子供らが幼い頃に描いたものだ。五回の引っ越しで、不用な物はたくさん捨てたが、石ころは残っていてネジバナのありかを教えてくれているのだ。

先日、福島第一原発事故のために立ち入りが禁止されている区域の方々が一時帰宅したニュースを見ながら、あのポリ袋に私だったら何を入れるのだろうかと考えた。意外なものを、時間ギリギリに放り込むかも知れない。牛が戻って来たときのためにと、限られた時間の中、牛舎の掃除に励む方の姿が印象的だった。

奪われたのは日々の生活なのだ。ポリ袋に何か入れるたびに空しくなるような気がした。

時間ギリギリで、ネジバナを土ごと石ころ付きで放り込み、あたり構わず、ありったけの声で泣いているような気もした。

詩「ドクダミの花」

頑なに閉じていた蕾が開いていく
つぐんでいた口を
いつの間にか開けているのだ
かといって饒舌になったわけでもなく
一つの言葉を
ぎゅっと握りしめたままだ
言葉は決して音になることなく
花びらの白の
その奥底にある
姿見たさに目を凝らせば
白はますます白として近づき

にぎりしめた言葉は
にぎりしめられたまま

花や葉が色あせ姿をなくしても
言葉は残り
次の五月を待つであろう
その確かさがために
かたくなで不器用で
しぶとい言葉
目を凝らしても凝らしても
見えるのは
ドクダミの花

詩「創」

ホトトギスの初鳴きから一週間
枇杷の実が色づき始める
夕べの雨
張り出した木々の枝は
各々の葉を茂らせ
雑木林は満足している

よくもここまで
いろいろな葉をこしらえたものだと
葉というものの中にさえ
無限の色や形を生み出さずにはおれなかった

創造主に感服する
つくり主に似てしまったのだろうか
次から次へと
人も創造せずにはおれないようだ
自らつくったものによって
その身を滅ぼすやもしれぬ人類を
創造主は悔いているのだろうか
いや
手のかかるどうしようもない子ほど
愛おしいのかもしれない
芸術はその証だ

よきもあしきも
いっしょくたにしてまわる地球よ
無限のパーツでできた

球体の万華鏡
その中にあって
ビーズのごとき小さな文字をつないで
詩を編む私

夏の章①　「夏の匂い」

詩　「がまがえる」

がまがえるを思い出す
雨の降り続く梅雨
一人っきりで見た
がまがえるを思い出す
がまがえるを見るためにそこへ行ったわけではない
自分を正当化できる
確かなものを探し求めていた
結局何も見つからず
今思い出すのは
雨の中のがまがえる

このじめじめした
うっとおしい梅雨に
懐かしさを覚えるのは
あのがまがえるのおかげなのだろうか

夏の匂い

我が古里は大分県の山間にあり、夏休みになると、近所の子と連れだって川で泳ぐのが日課だった。川幅は三、四メートルあるかないか、周りには草木が生い茂っていた。低学年の頃は浅瀬で泳ぎ、年とともに上級生の領域へ恐る恐る近づいて行ったような気がする。すべてはより深いところへ入る勇気をふり絞れるかどうかにかかっていた。背丈の二倍近くあると聞かされていた深みは、今でも手の届かない遠い場所のままだ。

冷えた体で帰る道々、真っ青な空にはいつも入道雲がどっしりと構えていて、周りは盛り上がるような緑でいっぱいだった。騒々しいようなそれでいて静まり返っている、得も言われぬ空気を思い出す。たくさんの生き物たちが調和の中で息づいていたのだろう。

家に戻ってしばらくすると、雲行きが怪しくなり夕立の気配が立ち込めてくる。急に暗くなって稲光がしたかと思うと、空が割れんばかりの雷が鳴り出すのだ。

ポツポツと降り出した雨は乾ききった大地を一気に潤し、その匂いは耳をふさいでいる私のもとへも運ばれてきた。雷と雨の戦いがしばらく続くのだが、雨脚が強まれば強まるほど雷が遠のいていくようで、私はいつも「雨が勝ったんだ」とほっとしたのを覚えている。

古里から遠く離れた場所で今、あの夏の匂いがふと蘇ってくることがある。「あっ、あの時の匂いだ」と思った瞬間それは全身にしみわたり、私をあの入道雲の下へと誘ってくれるのだ。

かなりや

「う～たをわ～すれたかなりやは～」童謡「かなりや」の歌いだしは、何度となく口ずさんだことがあるのに、そのあとの歌詞を知らなかったのはうかつだった。先日子供番組でこの歌がうたわれていて、感動してしまった。

「うたを忘れたかなりやは後ろの山に捨てましょか、いえいえそれはなりませぬ」で始まり、二番三番は、「背戸の小藪にいけましょか」、「柳の鞭でぶちましょか」と続く。そして最後に、「象牙の船に銀の櫂、月夜の海に浮かべれば忘れたうたを思い出す」で終わるのだ。

人は誰しも、予期せぬ出来事に自分のうたをわすれてしまうときがあるような気がする。あって当然。うたを忘れてしまった人を責めたり、のけ者にしたりなどとんでもない。象牙の船に銀の櫂、月夜の海のような居場所さえあれば、うたは必ず戻ってくるのだ。

この詩の作者西條八十も、生活苦から詩の創作を中断していた折、このうたを契機に再び詩の世界へ戻って行ったようである。
今うたを忘れている人に、月夜の海のごとき出会いがありますように。

槿花一朝の夢

「槿花一朝の夢」（白居易の漢詩に由来）。

ムクゲ（槿）の花を目にする度に浮かぶ言葉、朝咲いて夕方しぼむことから、栄華の儚さに重ねて言われるその言葉は、なんとも凛として潔い。一日花とはいえ、次から次へと咲いているのだろう、たくさんの花をつけた姿は、車窓からでもそれとわかるほどの存在感だ。中でも白いムクゲの清々しさは格別で、暑い夏によくもここまで涼やかでいられるものだといつも羨望の眼差しで通り過ぎている。

私も人類という大きな木に、咲いては散り咲いては散りしている花のようではあるけれど、そうそう涼やかではいられない。似ても似つかぬ姿であろう。いく度となく枝分かれした大木に咲く花々は多種多様で、その花期もムクゲのように一律ではないようだ。その一つ一つに役割があって、とうてい人知の及ぶところではない。どんなに苛酷な役割も、その人が生きた証なのだ。

ムクゲの花に添えて一句、

散りながら輝いてあり白槿

道子

選ぶ

「それは、非常に微妙な見分け方で、私はよく「触り方」っていうのですけれど、見分けるというより、言葉に触るのですね。」詩人の大岡信さんが、「日本語つむぎ」（世界文化社）という本の中で、朝日新聞のコラム「折々のうた」を選ぶ時の、瞬間の心の衝動についてこう述べておられ印象に残っている。

恐れながら私も、山積みになった新聞紙を前に、大岡さんの「折々のうた」に再度目通し、これはと思えるうたを選び、定期的にスクラップしてきた。切り抜くか抜かないかの基準がどこにあるのか私にもわからない。それは内なるものと呼応する微妙な一瞬なのだ。何かを選ぶ時、そこには心の核みたいなものが関わっていて、選び出されたものには、おのずとその人の心が反映されるのだろう。何気なく選んできたものたちが結びつき、今の自分が出来上がっているということもひしひしと感じる。選ぶ主体であるかのごとき私たちも、奇跡的な確率で選ばれてここに存在することを思うと、些細なことから重大なことまで、日常は絶え間ない選ぶという行為でできていて、同時に選ばれる側に立たされているようだ。

物や情報が氾濫すればするほど、本来切り捨てられるべきものの中で溺れ、不安定になって行く人々の有様を感じてしまう。選ぶための、内なるものと呼応する一瞬までも、音や物で埋もれてしまっているのかもしれない。そのような現代社会の一端を憂えつつ、スクラップの中から一つだけ選んでみた。

「夜の渋谷公園通り　薔薇色の臓器を吊りてピピピして居り」

佐佐木幸綱

鈴虫

午前五時、起きるには少し早いと思いつつ、朦朧とした頭で立ち上がった私の耳に鈴の音が近づいてきた。生まれて初めて聴く幻想的な音。薄暗さと相まって、それは黄泉の国から誰かが鈴を鳴らして近づいてきているような音だった。隣人から譲り受け飼い始めた、五ミリにも満たない鈴虫がみるみる成長し鳴き始めたのだった。

田舎で育った私にとって、虫の声など珍しくもないのにと思いつつ、数限りない虫たちの大合唱や、耳をつんざく蟬しぐれは知っていても、一匹の鈴虫の声は知らなかったのだということに気づかされた。

隣人の話によると、最終的に雄を食いつくした雌が、卵を抱えて生き残るとのことだった。はるか昔から受け継がれてきたであろう凄まじい生。

あけがた私の耳にした鈴の音は、太古の草むらに吹く風が運んでくれたものなのかもしれない。

一枚の写真

七月三日付の朝日新聞夕刊で目にした一枚の写真に一瞬くぎづけになり、今でも心に残っている。連載「新聞と戦争」カメラマンの話4、その中央に置かれた写真には、「出撃を明日に控え、手紙を書く特攻隊員」という文が添えられていた。腹ばいになって一心に手紙をしたためている青年の横には、日の丸とともにありったけの所持品が並べられていて、思わず見入ってしまった。私が写真の青年と同じくらいの息子を持つ親だからかもしれない。翌日には遺品として扱われたであろう品々が、青年の心にしっかりと寄り添ってあり、指先に込められた家族への思いが部屋じゅうに満ちていた。

当時の新聞には、勇ましく飛び立つ特攻隊の写真が掲載されていたようだが、この写真を撮ったカメラマンは、「残さなきゃいかん」という強い信念で隊員の内面に迫っていったとのことだった。

このような写真こそ歴史の教科書に載せるべきではないのだろうか、他のどんな写真よりも多くのことを物語ってくれそうな気がしてならない。

戦場のピアニスト

映画「戦場のピアニスト」をみた。実話をもとに、ナチス政権下のポーランドの姿が克明に描かれていた。人は人にどこまで残酷になりうるかということを改めて感じさせられ、これでもかこれでもかと言わんばかりに、何度となく胸を締め付けられた。人間の醜い部分がむき出しにされる時、自分もその人間の一人だということを、痛感せざるを得ない。悲しきかな、押し寄せてくる大きな波にいつの間にか呑み込まれるように、誰もが加害者になりうる人間であり、どこまでも残酷になりうる人間なのだ。

映画の中の「生きる」という行為があまりにも鮮烈で、私の思考はお手上げ状態。

今朝の新聞で目にした、ドイツのシュレーダー首相の「古き良き欧州がほかと違うのは、戦争が本当に意味することを、国民が深く心に刻んでいるからだ。」という言葉が救いとなって私の心に染み込んでいる。

蜂

二階の軒下に作られた小さな蜂の巣を根こそぎ退治したのは、近所の人が二人たて続けに蜂に刺されたのを知った直後だった。気をつけた方がいいよと言われるやいなや、今まで気づいていなかった巣を見つけ出し、殺虫剤をこれでもかこれでもかと言わんばかりに吹きかけ巣を落とす。それでも集まってくる蜂を追い払うため台所用洗剤を吹き付けた。

手の届きにくい場所であるにもかかわらず、面倒くさがりやの私があそこまでやったのが、今となっては不気味ですらある。

恐怖や不安のもと、人は必要以上に警戒し、絶たなくてもよい命まで絶ってしまうのだろう。英国でテロと無関係の男性が射殺されたことを知り大きなため息をついた。執拗に蜂を攻めた時の気持が蘇ってきたのだ。

アメリカの同時多発テロ後のイラク攻撃もその最たる行為で、罪のない人々が今でも亡くなり続けている。

根こそぎ退治したと思っていた巣の後には、新たな巣ができ始め次第に大きくなっていく。攻撃しなければ襲ってこようとはしない蜂を横目に、状況によっていかようにでも変わりうる人間の血の流れる自分自身を警戒することにした。

彫刻刀

先日亡くなられた、キング牧師の妻コレッタ・スコット・キングさんが、イラク戦争を前に、戦争を「質の悪い彫刻刀」になぞらえていたということを知り、その意外なそれでいてぴったりなたとえが、なかなか頭から離れようとしないので、自分なりに考えてみた。

彼女は夫のキング牧師とともに、人種差別という分厚い壁を、暴力の力ではなく、人を信じる力で少しずつ穿っていったのだと思う。夫亡き後も、その夢を実現させるため、自分の研ぎ澄まされた彫刻刀に魂を込めてきたのだ。早急に答えを求めたり、一方的な暴力に走ってしまうような怒りや復讐といった感情はみじんもないのだ。その彫刻刀は、長い間虐げられ、苦しめられてきた人たちの思い、発せられなかった言葉の結晶、気の遠くなるような忍耐でできているに違いない。

想像力を持たない質の悪い彫刻刀が猛威をふるわぬよう、せめて私たちひとりひとりは、小さくとも質の良い彫刻刀を日々磨いておかねばならない。

タカサゴユリ

自転車置き場の片隅に白いユリが咲いた。

花屋で見かける豪華なユリとは対照的な、どこにでも咲いてしまうこのユリを、今年は妙に親しみを込めて眺めている。お盆に帰省することができなかったせいかもしれない。

大分県の山間にある実家の周りにもこのユリは咲いていた。毎年少しずつ子孫を増やしているようで、お盆のころ思わぬところにすくっと立っているのだ。お墓の花筒のホオズキの横に添えたこともある。

実家の裏には小さな水路があって、父のこしらえた池にその水が流れている。池を囲むように咲いているであろう白いユリが目に浮かぶ。

田舎の特権で居間の網戸は開け放たれ、テレビを見ていると必ず大きなオニヤンマが飛んで来た。テレビの画面に近づいては去って行き、しばらくしてまたやって来るのだ。オニヤンマと一緒にテレビを見るという信じられない光景なのだが、これは毎年恒例で、実家ではそれが普通に感じられるから不思議だ。私だけのとっておきの風物詩といえるだろう。

花が風にゆれ動いたりよりあう様子から、「ゆり」と名づけられたようだが、なるほど我が家のユリも二つの花がより添いゆれながら、網戸越しに古里の風を運んでくれている。

後にリサイクルセンターで見つけた『なごや野の花』（安原修次）という本のおかげで、タカサゴユリ（高砂百合）というこの花の名を知ることができた。

偶然見つけたその本のあとがきには付箋がはられたままになっていて、ここを読んでくださいねと言っているようだった。

作者安原修次さんは、二十数年間小学校の教員をされた後、植物写真家として活動。かつて子どもたちと理科の野外観察に行ったとき、「先生、これはなんていう花ですか」と質問されても、植物名さえほとんど教えられなかった愚かな先生だったとあった。

なんとかわかるようになりたいと、カメラを持って花の撮影を始め、アルバムにまとめていくうちに植物の名をおぼえていったようだ。同時に、美しい花をつける植物が、開発と心無い人の盗掘により年々私たちの周囲から消えていくことに気づいたとあった。

環境が悪化したり人間が近づけば逃げることのできる野鳥は、法的にも守られているのに、その場所から動けない植物たちはまったくの無防備である。ゆえに、全国各地をまわって野の花を撮影し、人々に保護を呼びかけ、写真集を出版しているとのことだった。最後の見開きには安原さんの直筆サインがあり、メッセージが添えられていた。

「野の花はみんなの宝」

一九九〇年二月　安原修次

ジンジャー

台所に立って炊事をしていると、窓越しのジンジャーの花から甘い香りが漂ってくる。移り住んだ家の庭に前々から植えられていたものだ。春先その根元に物置を置いてしまったのにもかかわらず、隙間から大きく茎や葉を伸ばしその先に蝶のような花をつけている。

初めて知った香りに魅せられ花図鑑を開くと、ヘディチウム属という聞きなれない属名には、甘い芳香と純白の花にちなんで、ギリシャ語で「甘い雪」という意味のあることがわかった。先人たちのネーミングに舌を巻きつつ私は、夏に咲いた雪にそっと触れてみた。

結婚して後四度引っ越しをした。移り住んだ家との出会いは、同時に植物との出会いでもあった。庭に咲く花や木に接していると、それを植えたであろう人の気持が伝わってくるのだ。転勤族の身、私はどこにいてもいつもそこを終の棲家のように感じ、家族と同じように愛してきた。

ジンジャーの花の香りはまたしても私を、何十年も前からここに住んでいたような気にさせている。

変化

みるみるうちに秋めいて、夏が終わりを告げようとしている。

燃えつきる前の線香花火が火花を散らすように、遠くでサルスベリ（百日紅）の花が勢いよく咲いている。河岸整備のためのっぺらぼうになっていたはずの土手には背丈ほどの雑草が生い茂り、その生命力を横目に私は「こうでなくっちゃ」と自分自身に念押しする。根こそぎ掘り起こされてなお蘇るその強さに圧倒されながら。

私はといえば、ずっと心配ごとを抱えて右往左往していたような気がする。心配ごとと暑さが絡み合ってへとへとになっていたようだ。雑草の強さにはほど遠い我が身の弱さが身にしみる。

生きている限り心配事は尽きないけれど、人間も自然の一部なのだから、刻一刻と変化し続けているのだ。どこからともなく秋がやって来るように、回復の時も必ずや訪れてくれることだろう。

詩　「心に蠢くものがある限り」

これといった才能もなく
普通という殻に入ったままになりそうで
それでいて
時として志が燃えてきて
それでいて
何もできなくて
小さな小さな人間私
けれど軽蔑したくない
心の奥底に
蠢くものがある限り
第三者に対する慈愛

それを私の中の私にも注ごう

ちっぽけなものは限りなく
偉大なるものは
少なすぎるではないか
もっとも偉大なるものを
子供らの中に見出し
少しずつ
つまみ食いする日々

心の奥底に
蠢くものがある限り
どんなにちっぽけでも
軽蔑したくない
心は凛々と鳴らしていたい

私の中の私を知る者は
私だけ
私が信じてあげなくて
誰が信じてくれるというのか
心はいつも
凛々と鳴らしていたい

夏の章②　「時の花　――新聞掲載」

詩「せみ」

夜更けに目が覚める
暗がりによろよろと歩きだしながら
朦朧とした頭の中に
自分という不可思議が
やけに冴える
これはいったいなんなのだ
不可思議は歩きだし
再び布団の中へ
うずくまって目を閉じたとき
今という大きな木に
いやおうなしにしがみつく
一匹のせみになっていた

生命みなぎる梅雨を楽しむ

雨音に混じって時折、鳥たちについばまれたビワの実がポトンと落ちる音がする。アガパンサス（和名・ムラサキクンシラン・紫君子蘭）のつぼみが薄い膜から顔を出し、次第に広がっていく。しっとりと潤された緑に、アジサイ（紫陽花）の紫やザクロ（柘榴）の朱色がきりりと映える。か細かった早苗もいつの間にかしっかりと根付いているようで、土手にはヒメジョオン・姫女苑（別名ヤナギバヒメギク・柳葉姫菊）が群れている――。

梅雨はうっとうしいなどと言われるが、とんでもありません。生命みなぎる季節です。やがてやってくるカンカン照りの日々を前にした盛大なお祭りです。

雨がやんでいるなと思ったら、雑事は全部放り出して、外を歩くに限ります。霧雨なんか気にせず、みなぎる生命のひとつになって潤されてみることです。

多少の憂いは、草の茂みの中に吸い込まれていくこと請け合いです。

心の「時の花」大切にしたい

最近外を歩いていると、「時の花」というものを強く感じる。その時一番光っている花、旬の花だ。時の花にかげりが見え始めたなと思う頃、次の時の花が現れて途切れることがない。その花の一番美しい時が用意されているのだろう。

今私が感じている「時の花」は、ムクゲ（槿）だ。あちこちの庭先に涼しげな色をのぞかせている。控えめなムクゲとは対照的に、乱れ咲くノウゼンカズラ（凌霄花）も印象的な時の花だ。雨の後など花びらを散らし、地面まで黄赤色に染まっている。

人にもその時は用意されているのだろうか。若いころの美しさとは別に、年齢を感じさせない時の人が、各分野に存在するようだ。自分自身の時が過ぎてしまったと思うのか、これからだと思うのかは、本人の心の持ちようであるような気がする。「時の花」は消えても、根は残っていて、次の年を待っている。見えないところで大切に育まれているものがあるのだ。

人には心がある。時代とともに生活の中で、かなりすり減ってしまっているかもしれないが、大切にしていかねば……。私の心は、今日も「時の花」のみずみずしさにあこがれている。

我が家の庭にネジバナ咲く

先日、我が家の庭でネジバナ（捩花）が咲いているのを見つけた。花がらせん状にねじれて咲くことから、この名前が付いたのだろう。

前々から見たいと思っていたが、なかなかお目にかかれる花ではない。それが我が家の庭に咲いたのだ。うれしくてうれしくて、思わず高校生になる二人の子どもたちを呼んで見せた。

清楚（せいそ）なたたずまいで、一センチにも満たない小さなピンクの花を二十個前後つけ、何とも言えないほど可愛い。繁殖力旺盛で、芝生や土手ではどんどん増えるのに、庭や鉢で育てるのは難しいそうだ。

我が家の庭は、ついこの前までニワゼキショウ（庭石菖）という小さな花が群れて咲いていた。この花を踏まないよう注意して洗濯物を干していたのだが、ニワゼキショウが終わりかなと思われる頃、ネジバナを見つけた。

鳥が運んだのか、種が風に乗って飛んできたのか、自然に生えたものだから、私の喜びもひとしお。大地の素晴らしさを実感した。

ウオーキング

運動不足にたまりかね、さぼっていたウオーキングを再開した。「歩くぞ」と勢いよく玄関を飛び出すと、小学五、六年生ぐらいの男の子が三人、自転車で集っていた。

「次は三角公園、その次は心入寺、次は…」

コースを確認しているらしい。その中の一人が私と目が合うやいなや「こんにちは」とあいさつをしてくれた。

「こんにちは」と返しながら歩き始めると、しばらくして自転車をフルスピードでこいでいくその子たちとすれ違った。あいさつをしてくれた子と一瞬目が合い、互いに「あっ」と声を出す。

そして一時間のウオーキングを終える頃、またしてもその三人組と出くわした。「またさっきの人だ」、と言いながらこっちを見ている。近づいて声をかけると、「おれたち旅してるもんね。水筒しか持っていないけどね」と言いながらくすくす笑った。

私には、その子らの「旅をしている」という言葉がやけに新鮮でうれしく思えた。なるほど一時間のウオーキングの間にも、季節の花々に会い、ツバメが頭上をかすめ飛んでいった。その日は運良くキジも見かけた。初々しい少年三人と三度会い、言葉を交わした。旅と言っても過言ではないのだ。

歩くことには思わぬ出会いが用意されている。これからも一日一時間の旅を続けようと思っている。

ターシャさん心に残る言葉

　親が子どもにしてやれることで、とくに大切なのは、子ども時代に楽しかった思い出をたくさん作ってやることです――先日亡くなった米国の絵本作家ターシャ・テューダーさんが残してくれた言葉の一つです。

　ほとんど自給自足の生活をしながら、花を育て、絵を書いてきたターシャさんの口からこぼれ出る言葉の中には、忙しく生きる現代人が、いつの間にか見失ってしまった大切なことが込められているような気がします。私自身、落ち込んだとき、ターシャさんの言葉や育てた花々に、何度となく癒やされました。テレビで初めてターシャさんの庭を目にした時は、桃源郷のようなその美しさに、ただただ驚くばかりでした。

　特に大きなピンク色のタチアオイ（立葵）が印象に残っています。梅雨空の下、真っすぐな明るさを届けてくれるタチアオイを目にする度に、ターシャさんの庭の豊かさを思い浮かべてしまう私です。

たくさんの宝物を残してくれたターシャさん。亡くなられてなお生き続ける方だと思います。

台風とヒナ

台風一過。青空の下、洗濯物をどんどん乾かしてくれるお日様に圧倒されながらも、ムクドリらしきヒナの姿が頭から離れません。

台風六号が近づきつつあるころ、庭のオガタマ（招霊）の木に三羽のヒナがいるのを見つけました。手を伸ばせば届きそうな枝にじっとうずくまっているのです。近くの電線に止まっているのは親鳥らしく、微妙に鳴き声を変えながら、ヒナたちに注意を促しているようでした。「何があってもそこから離れてはダメ！」と言われているかのように、ヒナたちは肩を寄せ合って、一生懸命枝につかまっていました。

休むことなくエサを運ぶ親鳥。近づいてくる台風を予感しつつ、夫も私も子どもたちも、いたいけなヒナたちの様子を見るため、何度となく木の下に足を運びました。

思った以上に激しい風雨。家族の頭によぎった映像は多分同じものだったのでしょう。

今、青空の下、ヒナたちの姿はどこにもありません。「どこへ行ったんだろう」。この言葉をのみ込んだきり、誰も口にできずにいます。

減る家族補いキジバトが巣

わが家のハナミズキ（花水木）の木に、キジバトの夫婦が巣を作っている。オスらしい一羽が地面に下りては枯れ枝を巣に運んでいる。メスらしいもう一羽は、巣にでんと座って、運ばれてきた枝をほどよい場所に収めているようだ。

洗濯物を手にした私の前を、枯れ枝をくわえて横切るキジハトに「少しは警戒しなさいよ」と思いつつ、「頑張ってね」と声をかけた。

思えば私たち夫婦も二十年前、巣作りを始めたのだ。次の年に長男を、二年後に長女を授かった。夫の転勤や社宅の取り壊しなどで、その巣は何度か変わった。外観や大きさにかかわらず、家族四人を風雨から守ってくれる巣は、どの巣もすこぶるステキだった。

今春、長男は東京の大学に進学して家を出た。長女もいずれ巣立っていくことだろう。徐々に減っていく家族を補うかのごときキジバトの到来を歓迎。確実に増えていくであろう家族を温かく見守ろうと思っている。

二種の野草でブーケを作る

雨上がり、川沿いを歩いていると、ぬかるんだ畑で秋の種まきの準備をしている女性に会った。

畑の周りを囲むように咲き乱れていたセンニチコウ（千日紅）も刈り取られ、土手に山積みにされていた。鮮やかな紅色の花々はそのまま捨てられてしまうのだろうな、と思い「切り花としていただいてもいいですか」と女性に声をかけた。「どうぞ、どうぞ」と言いながら、女性はせんていばさみまで貸してくれたので私は紅色のブーケを作った。

秋の夕日の分身のようなセンニチコウを片手に歩いていくと、今度はたくさんのエノコログサ（拘尾草）が揺れていた。それを抜き取ってブーケに添えた。かわいらしくなった。

帰宅して、小さな花瓶に入れてみた。花言葉が気になったので調べてみた。センニチコウは「変わらぬ愛情」、エノコログサは「遊び、愛嬌（あいきょう）」。家庭にとってなにより大切なことを教わった。

悲しみ分かち合える幸せに気づく

ストーリーテリングを始めて五年になる。昔話などを暗記し、その情景や心情を体の中にしみ込ませてから語る。何度も声に出して覚えていくのだが、その過程で思わぬ発見をすることがある。

最近、長い話の前にと新美南吉の短い童話「でんでんむしのかなしみ」に挑戦した。一匹のでんでんむしがある日、自分の背中の殻の中に悲しみがいっぱい詰まっていることに気づき、耐えきれなくなって友達を訪ねていくのだが、悲しみを背負っているのが自分だけではないということに気づき、嘆くのをやめるという内容だ。

悲しみを前面に押し出しているイメージがあったのだが、覚えていく過程で私は、悲しみを背負ったこのでんでんむしが世界一の幸せ者に思えてきた。悲しみを打ち明けられる友達がたくさんいるからだ。

最大の悲しみは悲しみそのものではなく、その悲しみを聞いてくれる人がいないということではないだろうか。どんなに大きな喜びも、それを分かち合える人がひとりもいないのならば、それこそが最大の悲しみなのかもしれない。

縁あればこそ今生を生きている

「袖振り合うも多生の縁」。恥ずかしながら私はついこの前まで、このことわざの「多生」を「多少」とばかり思っていた。見知らぬ人と袖が触れ合うのも「多少の縁」あってのこと、というふうに受け止めていたのだ。

先日、叔母から「辞書で調べてごらん」と言われ、「多生」という言葉に出くわした。何度も生を変えてこの世に生まれ出ること。「多生の縁」とは、この世に生まれ出るまで何度も生死を繰り返している間に結ばれた因縁とのことだった。多少どころではない深い意味が込められていたのだ。

袖が触れ合うだけでも多生の縁というのならば、親子の縁、兄弟の縁、友との縁のいかばかりかと思いを深くした。同音異義語の多さを考えると、このように勘違いしたままの言葉は他にもあまたあるに違いない。それに気づかせてくれるのもご縁の力。勘違いもまたよし、気づいた時に驚けるから。

猛暑の中、セミの声をいっぱいに浴びながら、果たして私は何度目の生を生きているのかと考えた。一度きりだと思っていたのも勘違いだったのだろうか。

子供を狙った地雷知り怒り

先日、「地雷ではなく花をください」という絵本（絵・葉祥明（ようしょうめい）・柳瀬房子、自由国民社）を読みました。地雷撤去キャンペーンの絵本です。

就寝前のひととき、子供たちを横に、読んでいたのですが、最後の黒柳徹子さんの報告を読んでいる時、怒りの涙が込み上げてきました。

お菓子やチョコレートに似せたような地雷が、たくさんばらまかれているということを知ったのです。アイスクリーム形、ヘリコプターなどのおもちゃの形をした地雷もあるとのことです。戦争で何もかも奪われ、傷ついた子供たちを、さらにお菓子やおもちゃで釣ろうというのです。

許せません！　断固許せません！

不合理のはびこる、矛盾に満ちた世の中、一人の怒りなど何の力もないかもしれません。けれど、怒らなければならない時は、大いに怒らなければならない。

一人ひとりの心の中に、人間として正当な怒りが爆発するならば、それが暴力の力を借りずに、この絵本のように愛をもって発信されるのであれば、間違った方向に進もうとしている人類をも救えるのではないでしょうか。

この本の収益金は地雷撤去に提供されます。一冊分で、カンボジアの十平方メートルの土地がきれいになるそうです。みなさん、読んで大いに怒ってください。

「経済制裁」で苦しむ子供ら

先日の新聞で、パキスタンの自動車修理工場で働く子供の写真を目にしました。家計を支えるため、学校へ行かずに働かざるを得ない子供たち。一日十二時間働いて、数十円にしかならないそうです。

政府が核兵器にばく大な資金をつぎ込んでいる間も、この子たちは機械油で手や服を真っ黒にしながら、働き続けているのです。

パキスタンの核実験に対して、他国はさも正当なことであるがごとく、経済制裁を打ち出しました。制裁によってパキスタン政府が歳出を削減すれば、真っ先に苦しくなるのは、底辺で働くこの子たちです。

自国の核のことは棚に上げて、金の力で相手をねじ伏せようとする大国の行為に、疑問を抱かずにはいられません。もっと違った形での抗議はできないのでしょうか。

確かに、金は大きな力を持っています。それゆえに、使い方を間違えたり、それのみに頼ったりしたら、大きな間違いを犯しかねないということは周知のことです。

「危ないものは、ともに捨ててしまおう」という一言を言えない人類はいつまでも、底辺にいるものを深く苦しめ、悲しませ続けるのでしょうか。

詩「球根」

草ぼうぼうの花壇を
野菜畑に変えようとしたとき
たくさんの球根が出てきた
なんの球根だかわからないまま
まとめてひとところに埋めておいた
名づけて球根の墓場

春
スイセンの花が咲いた
その葉は刈り取られ
今は夏

グラジオラスが輝いている

順番順番と言っているようだ
墓場どころではない
強いのだ
ものすごいのだ
底力があるのだ
すばらしいのだ
グラジオラスにびっくりした私は
少しだけ嬉しくなる

秋の章①　「風を生む種を」

詩　「風を生む種を」

私が誰のものでもなく
私が私のものでもなくなる一瞬（とき）
風が通り抜けてゆく
誰のものでもない風が
記憶の中を通り抜けてきた風が
肉体はそれを
生きるためだけに吸い込み
そして吐き出す
それだけで十分なのに
それだけで十分なのに
縦横無尽に張り巡らされた

人々の感情は
その風を遮るであろう
風の澱みは腐敗を呼び起こすかもしれない

私たちは種を蒔かねば
感情の壁をも難なくすり抜けられる
風を生む種を
新緑をゆらし
花々を酔わせてやまない
風を生む種を

曼珠沙華

曼珠沙華散るや赤きに耐えかねて　　野見山朱鳥

この句に出会ったのは随分と前のこと、深くうなずけた句だったので今でも心に残っている。曼珠沙華は燃えるように咲く花ゆえに、花期を終えた後の姿は無残で痛々しくもある。かねがね思っていたその落差に対する思いを、十七文字で見事言い当ててくれたこの句に出会ったとき私は、謎を解いてもらったような心地よさを覚えた。一心不乱に生き燃え尽きた姿なのだろう。

外を歩くと今まさに曼珠沙華は散り、ススキ（薄）やアワダチソウ（泡立草）が初々しい姿で風に揺れている。変化し続けているのだ。花々は自分の出番を心得、でしゃばることもなければ出し惜しみもしない。間の悪いことばかりやってしまう私とは大違いなのだ。自然は無言でありながらいろいろなことを教えてくれる。おかげで停滞気味だった私の心も少しずつ動き始めているようだ。
二十代の頃、二歳になる長男と二人余儀なく入院生活を送ったことがある。田んぼの畦を真っ赤に染めているであろう曼珠沙華を思い浮かべながら、病室の片隅で綴った詩がある。

彼岸花

咲いているのではなく
燃えているのだ
蓄えていたエネルギーを
燃やしているのだ
後の姿など知ったことじゃない
エネルギーがあるから
燃えるのだ
燃えなければならない時に

燃えつくすのだ

あの時の私は、目にすることのできない曼珠沙華にあこがれていたのだろう。あのように鮮やかな曼珠沙華にはその後出会ったことがない。

キンモクセイ

キンモクセイ（金木犀）の季節がやってきた。

普通、花を愛でた後香りなのだが、キンモクセイの場合その逆で、全身香りに包まれた後きょろきょろと花をさがすのが常だ。こんなところにあったんだと、見慣れた景色の中に小さな花をみつけては、「運動会の季節だなあ〜」と大きく深呼吸する。私にとってキンモクセイの香りは、小学校の運動会の香りなのだ。

古里の、今は無き小学校の鉄棒の横にあったキンモクセイも、この時とばかりに香っていた。あの頃の運動会は一家総出のお祭りのようだった。祖父母もまだ健在で、キンモクセイの香りの中皆でお弁当を囲んだ。栗や梨、青いミカン（蜜柑）も目に浮かぶ。

季節が巡るように、世代交代は着々と進んでいて、かけがえのない時がいとも簡単に過ぎていくけれど、今秋空のもと、キンモクセイの香りをいっぱいに吸い込むと、あの時の空気が体じゅうに舞い込んでくるのを感じる。

天高くの人間という落し物

天高く人間という落し物　　上甲　平谷

澄み切った秋空の下、私が毎年思い浮かべてしまう一句だ。

どこから来てどこへ帰って行くのやら、肝心なことは何一つ教えられずに、奇妙な肉体を背負って生きてゆかねばならない身にとって、骨身にしみる一句なのだ。落し物と名指しされた私は、揺れ動く心を持て余しながら一瞬呆然と立ち尽くす。この句は、投げられた小石のように心の中に飛び込んできて、その奥底に食い入るように着地する。私はその小石を抱えたまま、ススキ（薄）やエノコログサ（拘尾草）のように、吹いてくる風に身をゆだねるしかないのだ。

以前、朝日新聞の一面に掲載されていた、大岡信の「折々のうた」によってこの句を知った。気になって切り抜いておいたのだが、不覚にもその後その切り抜きをなくしてしまった。とはいえ、うろ覚えのその句は私から離れようとはしなかった。

生きた言葉は、見えなくなりそうになればなるほど近づいてくるものなのかもしれない。現にこの秋、またその小石は私の心の中に放り込まれ、その作者上甲平谷（じょうこうへいこく）という人物について知る機会を得た。

明治二十五年愛媛県に生まれ、昭和六十一年九十四歳でこの世を去った俳人とのこと。早稲田大学文学部哲学科を卒業後、雑誌記者としても活躍した人物のようだ。私は哲学科というところに妙にうなずいてしまった。自分という得体のしれない落し物と格闘し続けてきたであろう作者を感じたからだ。

秋の空は無条件で美しい。この美しさを描ける画家などこの世にいないだろうと思いつつ私は、抜き取ったススキを五六本束ね、画筆の如く夕焼け空をなぞってみる。

落し物の身とはいえ、まんざらでもないのだ。

朝顔の種

朝顔の種を採取した。

春先立ち寄った喫茶店のレジに「ご自由にお取り下さい」と置いてあった種を持ち帰り蒔いたものだ。秋口になってたくさんの花をつけ、朝窓をあけるたびにその美しさに見とれる日々だった。

喫茶店で手にした十粒ほどの種は、小さなビニール袋に入れられ、きちんとリボンで結ばれていた。その袋の中には小さな紙切れが入っていて、心温まる言葉が添えられていたのだが、どうしても思い出せない。私はその言葉を無性に知りたくなって、たまらなくなって、種のお礼も兼ね喫茶店へ電話をした。その言葉を知ることはできなかったが、「あの種は、交通事故で子どもさんを亡くされたお母さんが持ってきて下さったもので、その子供さんが育てていた朝顔の種だそうです。」という思いがけない言葉が返ってきた。何とも衝撃的だった。

そのお母さんの住所はわからないが、私はお母さん宛てに手紙を書いてみた。

「貴重な種をありがとうございました。あの種は、紫色の立派な花を数え切れないほどたくさん咲かせました。そして、蒔いた時の何十倍もの種を残しました。来年、私一人では蒔ききれないので、友人にもプレゼントしようと思っています」。

一瞬の感動

踏切の前で足を止めたとき、私の横にいた五六人の男女は、軽度の知的障害を持っている方たちのようでした。遮断機の音が鳴り響く中、線路上の一羽のハトをしきりに気にしておりました。もうすぐ電車が来るというのに、一向に飛び立とうとしないからです。「ひかれないよねー、大丈夫だよねー」という言葉とともに、彼らの心配がこちらにもひしひしと伝わってきたのです。と、その中の一人が突然「ハラハラするってこういうことだよね」と言ったのです。「ねえー、ハラハラするってこういうことだよねー」と、その女性は自分の気持ちを確かめるように、何度も同意を求めていました。「そう、ハラハラするってそのことよ」と面と向かってうなずきたい気持ちを抑えながら私は、ハラハラを体感することのできた女性の喜びを共有しておりました。

電車が通過する直前、ハトはぱっと飛び立ち、「あーよかった」と皆は胸をなでおろしました。

見慣れた風景や何気ない言葉を、これほどまでに全身で感じ取って生きている人たちがいるのだなと、新鮮な驚きと喜びに満たされた一瞬でした。

毒煙の中で働く少年たち

何気なく見ていたテレビ番組で、「毒煙の中で働く少年たち」と題して、アフリカガーナの現状が放映されており衝撃を受けた。先進国から運び込まれた古い電化製品を、十代の少年たちが素手で解体、コード類を集めて土の上で燃やし、銅線を売ってわずかな賃金を手にしていた。燃料は古いタイヤで、有毒な真っ黒い煙の中、足に火傷をおいながらの信じがたい作業だった。周りには解体した時のゴミが散乱、雨が降ると有害物質を含んだ汚泥が、海に大量に流れ込んでいた。

最近空き地に、無料で引き取られた電化製品が山積みにされているのを見かける。あの大量の電化製品は、どこに運ばれどういうふうに処理されているのだろうかと疑問に思っていただけに、テレビの映像と重なった。

私たちはこれ幸いと、無料回収場へ大量のゴミを家の中から運び出し、すっきりしているだけでよいのだろうか。

美しく整えられた場所があるということは、どこかが著しく汚されているということに、もっと敏感にならねばなるまい。

ドナドナ

新聞の記事で、小学校の音楽の教科書にあった「ドナドナ」という曲を、改めて詳しく知る機会を得た。物悲しい旋律と歌詞が不思議と心に残っていて、気がつくと今でも口ずさんでいることのある曲だ。売られていく子牛の歌だとばかり思っていた。抑圧されたユダヤ人の悲しみが込められていたとは、ベトナム戦争のとき、反戦歌として歌われていたとは、思ってもいなかった。

原詩は、アーロン・ツァイトリンというポーランドの詩人で、イディッシュ語で書かれているようだ。作曲はショローム・セクンダ、どちらもアメリカに渡ったユダヤ移民だ。一九四〇年、ニューヨークで上演された「エステルケ」というイディッシュ劇の挿入歌として誕生したとあった。その二年後に、ツァイトリンの父親は、強制収容所に移送される途中で殺されている。戦後、大虐殺から逃れたユダヤ人が、欧州の難民収容所で「ドナドナ」を歌っていたことに触れ、どうやって欧州に伝わったのか謎が多いとあった。

以前、口承の昔話を再話されている方が、「昔話はＤＮＡを持った生きもののように、自ら伝わろうとする力を持っている」と言っていたのを思い出す。この曲にもその力が備わっているような気がしてならない。たくさんの人の心をくぐり抜けてきたこの歌には、底知れぬ思いが宿っているようだ。

「翼のない子牛の歌が、翼をもつ鳥のように大西洋を渡った。」という紙面の一節が印象に残っている。真実の込められた言葉は、世代や時空をものともせず、自ずと人々の心にしみ渡っていくもののようだ。

秋

雨上がり、山沿いの道を車で走っていると、歩道のところどころピンク色に染められていて、クズ（葛）の花が散りばめられているのだとわかった。葉陰に隠れ控え目に咲く花の大胆な姿に秋の深まりを感じた。

灼熱の太陽から解放され燃えるように咲いていたカンナやサルスベリ（百日紅）も色あせ、持てる力を振り絞っているようだ。かまびすしく鳴いていた虫や鳥たちの声もなりをひそめ、いつの間にやら寂しげな音色に変わってしまった。

雑木林から大きく枝を張り出し、クサギ（臭木）の花がこんもりと咲いていて、アゲハ蝶が二匹戯れている。

秋はそこらじゅうの大気を席巻、心の中にまで忍び込むことのできる透明な生きものだ。

詩「他人を非難しているようなときは」

他人を非難しているようなときは
よくよく注意しなければならない
それは
自分の落ち度を
見逃している時
それを隠ぺいするための
無意識の抵抗
他人を非難しているようなときは
自分を
疑わなければいけない
自分を

精査して見るにかぎる

「ありがとう」
「ごめんなさい」
たった一言で
まるく治まるものを
どうして
とがった言葉ばかり
並べ立てているのだろう

秋の章②　「愛」心に響く

――新聞掲載

詩「固執するようなものは何もない」

固執するようなものは何もない
今も昔も
そうして時が経っている
大自然の中
銀杏の葉が散るごとき
私の生と死
時が経っている
今も昔も
固執するようなものは何もない

五十六年ぶり帰郷　尽きぬ悲しみ

先日の新聞で五十六年ぶりに、ふるさとの地を踏んだ元ハンセン病患者の記事を目にした。十九歳の時に療養所に入り、現在七十五歳とのことだ。一変していた故郷の風景や肉親の遺影、手紙をも拒まれた五十六年という月日を思うと言葉を失った。

今、朝鮮民主主義人民共和国（北朝鮮）による拉致事件の被害者や家族のことで、一喜一憂し、目頭が熱くなるといった日々が続いている。しかし、日本という同じ国の中で五十六年もの間、ふるさとに帰ることもできなかった人たちがいたことを思うと、その悲しみの深さは想像を絶する。

私は新聞紙面を通して世界中の尽きることのない悲しみを知らされる日々だが、ニュースにはならなくても、このような閉ざされた悲しみが、世の中にはあまたあることと思う。

私たちに今できる唯一で最大なことは、自分の心の中や家族など手の届くところに壁やわだかまりを作らないことではないだろうか。

「愛」心に響く　マザーの言葉

最近の新聞で目にしたマザーテレサの訴えに私は探くうなずきました。「最も悲惨なことは、飢餓でも病気でもない。自分がだれからも見捨てられていると感じることです。常に飢餓や病気の中におられた方の言葉ゆえに、なおさら私の心に響いてきたのでしょう。

物があふれ、飢餓とは無縁のこの日本にも、だれからも愛されていないと感じている人がたくさんいるような気がします。愛された思いがなければ自分も愛することができない。さまざまな悲劇の根源はそこにあるような気がするのです。すべて将来のためと、おけいこごとや塾で忙しくさせられている子供たちに、本当の愛が注がれているとは思えません。わが子をいとしいと思う瞬間すら奪われているのではないでしょうか。たまには幼いころの思い出など語り合い、わが子との縁をしみじみと、ありがたく受け止める時を取り戻したいものです。

世界でたった一人でも、自分のことを理解し、信じてくれている人がいるならば、それは大きな力となるでしょう。マザー・テレサも、路上に捨てられ死にゆく老人や子供にとって、自分たちを心の底から理解してくれるたった一人の母親的存在だったのだと思います。

マザー・テレサを慕っておられたというダイアナさんも、飢餓とは無縁の華やかな王室で、ひたすらほんとうの愛を探し求め続けられた気がします。天国でお二人の魂が、いえ亡くなられたすべての人の愛と魂が優しく響き合っておりますように。

上野焼との出会い

上野焼（あがの）という四百年以上の歴史ある焼き物を知ったのはこの夏、愛知からの引っ越しを終えて間もないころだった。遠賀川（おんが）沿いを走る車中、「近くに上野焼という美しい焼き物があるんだよ」と友人が言った。その後、道沿いに偶然その文字を見つけ、吸い寄せられるように入っていった。

上野焼協同組合のギャラリー。窯元が提供した十数個の花器が並ぶ。「秋の窯開きの際、花をいけてくださった方にその花器を進呈」との内容の紙が置かれ、迷わず応募した。

十月初め、当選の知らせが届いた。第一希望の水色の花器の写真があった。しかし喜んだのもつかの間、秋空を思わせる水色のふくよかな花器を引き立たせてくれる花材選びに苦心することになった。友人と草むらへ分け入りもした。

花屋でベニスモモ（紅李）の葉の深い赤色に出会ったときの安心感は忘れられない。白リンドウ（竜胆）にフジバカマ（藤袴）、ワレモコウ（吾亦紅）、庭に一本だけ咲いていたタカサゴユリ（高砂百合）の実、それに友人が見つけてくれた青紫色の草の実を添えて当日を迎えられた。

期間中、点在する窯元を巡り、興国寺という古いお寺へ迷い込んだ。門前の文字にはっとさせられた。

「今日生きるこの身はご先祖の命なり」

三日間の華展を無事終え、ご先祖様に感謝しながら家路についた。

悩んだ時には必ず救いある

心から　心にものを思はせて　身を苦しむる　わが身なりけり

最近出会った西行の歌です。不安を抱えて落ち込んでいる時でしたので、自分の心を言い当ててくれたかのようなこの歌に、救われる思いでした。

昔も今も、人の心は変わらないのだなあという思いとともに、どうしようもないことを思い巡らせては、自ら苦しんでしまう人の悲しみを悟らせてくれたような気がします。

今朝（十二日）読んだ天声人語に、本との出会いには運命めいたものがある、とありました。苦しい時、慰めと勇気を与えてくれる本が、どこからか現れる不思議について触れていました。同感です。

本に限ったことではないのですが、偶然とは思えないような出会いに、はっとさせられることがよくあります。

あれこれ心配しなくても、本当に必要なものは用意されているのかもしれません。こんなことを思う時、必ず思い出す良寛さんの句があります。

焚（た）くほどは　風がもて来る　落葉かな

「ごみ」問題を克服するには

捨てても捨ててもたまるごみ。いつごろからこのような状態に陥ってしまったのでしょうか。わが市にはエコドームという、リサイクルできるごみをいつでも持ち込める場所があり、本当に助かっています。

エコドームには途切れることなくごみが運び込まれ、その量たるや半端ではありません。真夏に汗びっしょりになって、ごみと闘っていると、何とも滑稽(こっけい)な気持ちになります。大量のごみに注がれた、あるいは今後注がれるであろう労力や時間を思うと、気が遠くなるのです。家の中には物があふれ、それでも人々は買い物に余念がありません。修理や修繕という言葉は、どこかでほこりまみれになっているような気がします。

私は『星の王子さま』に出てくる「一ばん大切なものは目に見えないのだ」という一節を思い出します。目に見えるものだけを追い求めて成長した時代の限界を感じるからです。物質や情報のはんらんとともに、自然から放され、ごみとともに葬られてしまった目に見えないもの。それを克服するのは容易ではありません。でも今こそ、一人ひとりが自分に一番大切なものを見極め、日々磨いていかねばならない時ではないでしょうか。たとえ、ごみの山に埋もれそうになっても。

輸血を控えた主治医に感謝

私は十八年前、実家の近くにあった国立病院で、長男を出産した。逆子だったので、帝王切開による出産だった。術後、体温がどんどん下がり、真夏だというのにぶるぶる震えていたのを覚えている。

しばらくして、担当の医師から説明を受けた。「前置胎盤でかなりの出血でしたが、輸血はしませんでした」という言葉が、記憶に残っている。こういう状況下で輸血をしないということが何を意味するのか、当時の私には全く分からなかった。

C型肝炎の原因になった血液製剤フィブリノゲンを投与された約二十八万人全員を追跡調査し、検査や治療を呼びかけることを舛添厚労相が明らかにした。

投与によって苦しみ続けている方々を目にし、私が出産した病院でも当時、使われていたことを知るにつけ、主治医が発した言葉の重さが身にしみる。

C型肝炎問題は「第二の薬害エイズ」と言われている。私の出産時、薬害エイズは表に出る前だったが、あの医師は安易に輸血をしてはいけない、と既に肝に銘じていたのかもしれない。

今、普通に生活していることを「奇跡」と受けとめている。

涙が止まらず　バス水没記事

十一日の朝刊「検証台風二十三号・観光バス水没事故」で十月二十日夜に起こった一部始終を、改めて知ることができました。

バスの屋根に上った乗客の一人、七十九歳の田中五兵衛さんが、十五年前におぼれた子を救おうとして亡くなられた息子さんのことを思い出し、「水になんか負けるものか」と気持ちを奮い立たせたということを読み、涙が止まりませんでした。

その人にしか分からない色々な思いが交差し絡み合いながら、一台の観光バスをあの場所に、つなぎ止めたのだと思います。

暗闇の濁流の中で、中学時代の同級生を含む平均年齢六十七歳の三十七人が腕を組み、知恵を出し合いながら歌った「上を向いて歩こう」などの歌が、周囲で孤立している人々をも励ましたことを知り、改めて仲間がいるということで人はどこまでも強くなれるのだ、と知りました。

誰かが、自分一人だけ助かろうなどという考えを起こしたなら、この奇跡の生還は無かったかも知れないとも、思いました。

気心の知れた仲間同士で六十代、七十代という生きるための知者を心得た方たちだからこそ成しえた、生還なのではないでしょうか。

小さな種に思う

大分県に住む義母が送ってくれていたムギナデシコ（麦撫子）の種を、先日まいた。十月中にまくように、と言われていたのでぎりぎりセーフだ。

義母の家の近くに住むおばから、昨春、長女の中学校入学にあわせて絵手紙が届いた。そこにピンクのムギナデシコが描かれていたので、きっとそのころ開花するのだろう。とても楽しみだ。花を育てる時は苗や球根からがほとんどで、種をまいたのは久しぶりだった。

種を包み込んでいる殻をツメではぐと、中から黒い点のような種がぱらぱら落ちてきた。その小さな黒いものから、あのピンクの花が咲くのかと思うと、一瞬、キツネにつままれたような不思議な気持ちになった。そして、この小さな植物と我が子の姿が重なった。

あの子たちも元はと言えば、私の体の中の小さな細胞に端を発しているのだ、ということにはっとさせられたのだ。

これまで、よくもあんなに大きく、生意気に育ったものだと思うだけで、奇跡的な出会いに感謝することがなかった。子どもたちに小言ばかりを並べている自分が情けなかった。私は今日もじょうろで水をまく。小さな黒い種のために。奇跡的な出会いを忘れないために。そして何よりも、自分自身の心が乾いてしまわないために。

春への思い大地に託し種をまく

チューリップの球根を植えた。花が咲くのは春だから、花壇の彩りに紫の花をいっぱい付けたビオラを追加した。花と花との間に球根が息づいていることを知っているのは私だけだ。目には見えずとも、光や水を浴びながら、今まさに動き出そうとしている。

垣根に沿ってムギナデシコ（麦撫子）の種もまいた。春先、たおやかに揺れるであろう花びらを目に浮かべながら。

寒い冬を前に、その先にある春への思いを大地に託す。その瞬間が私は好きだ。その時、必ず思い出す言葉がある。「もし、明日が世界の終わりだとしても、私は今日リンゴの木を植えます」（マルティン・ルター）

どんなに停滞しているときでも、種だけはまいておこうと思っている。希望のかけらをしっかりと握りしめ。どんなに小さな種でもまいておけば、いつか花が咲くだろう。どんなに立派な種でも、まかなければ咲きようがないのだから。

他者との触れ合いなしに花を咲かせられないのは人間も同じ。私たちは種をまく身でありながら、同時に地上にまかれた種のようだ。

ふるさとの秋に包まれ潤う心

先日、大分県宇佐市院内町にある私の実家で、柚子(ゆず)ごしょう用の青い柚子とカボスを収穫した。小雨が降っていたのでかっぱを着用、夫と二人、大自然に包まれての作業だった。

故郷を出てからの月日はそこで過ごした月日をいつの間にか上回り、私はこんな大自然の中で育ったんだ、と思いがけない驚きを覚えた。

柚子の木は四、五歳ごろまで住んでいた家の跡地にあり、亡き祖父が植えたものだ。その香りを感じつつ山の方に目をやると、大きなケンポナシ（玄圃梨）の木が立っていた。幼い頃、その木の下で拾ったケンポナシの黒い実と、その独特の甘さがよみがえってきた。

みずみずしいカボスの枝にはさみを入れながら見渡せば、田んぼのあぜのあちらこちらに彼岸花が咲き始めていた。開花した二、三本の花がたくさんのつぼみを携えているようで、燃えるように咲き乱れる彼岸花にはない、楚々(そそ)とした美しさが感じられた。深まっていく秋に色を添える粋な計らいに脱帽し、一句詠んでみた。

ふるさとの秋に紅さす彼岸花　道子

詩「銀杏」

生前祖父が植えていた銀杏の木が大きくなって
地面を覆い尽くすほどの実が落ちて来た
その木は五歳の頃まで住んでいた家の跡地にあり
下草をかき分けその実を拾っていると
壊された家に使われていたであろう
タイルの欠片など出てきて
かすかな記憶がよみがえる
故郷を出て三十年以上の時が過ぎていた

私の中に息づくたくさんの先祖たちが
小さな田んぼや畑を耕しながら

苦心して生活してきたであろう地に
大きく根を張る銀杏の木
黄金色に輝く木から降ってきた
あどけない実の一粒一粒を愛おしいと思った
私はその実をざるに入れ
よく揉みほぐした後山間の小さな川に委ねる
透きとおった水の流れに
銀杏のふやけた表皮はどんどん吸い込まれ
きれいさっぱり白い核が残った

大切なものを頑なに秘めた確固たる核

そんな核が私にもあるのだろうか
人類という大きな木から降ってきた一粒ならば
持っているに違いない

ふやけた表皮は自分の手で剝ぎ取っていくしかないのだ
時の流れの中で

ひょっとするとこの地球も
途方もなく大きな木から降ってきた実なのかもしれない
ふやけた表皮が膨らんで喘いでいるような気もする
私たちがふやけた表皮になってしまってはもともこもないのだ
互いに確固たる核であらねば

それにしても
宇宙という広大な土地に木を植えたのは誰なのだろう

冬の章　「さがしもの」

詩「ふと・・・」

人間であることが
めんどうくさくなったら
どこへ行ったらいいのかなあ
と考える
死が私にとって
ものすごく遠いいものだから
ふと考える
死とは
宇宙に似ているのだろうか

画家「平野遼」との出会い

抽象画を見ていい絵だと思う時、私たちはいったい何を見てそう思っているのだろうか。見ているというよりも、見えない部分を感じとっているような気もする。表面はあくまで表面にすぎなくて、その表面がどれだけの深さを持っているか、どれだけ確かなものを宿しているかにかかっているのだろう。

優れた抽象画を目にした時、私たちの魂は瞬時に別の次元を浮遊しているのかもしれない。

二〇一〇年春、愛知から北九州へ越して来て間もない頃、知り合ったばかりの友に連れられ入った喫茶店「ギャラリー・ローアンバー」にその絵はあった。入り口横の壁にある青みを帯びた抽象画を、私は心底いい画だと思った。同時に、何が描かれているのかさえ分からない絵に対し、何をもってそう言い切れるのだろうかという問いが過ぎった。平野遼という画家に襟首を摑まれた一瞬だった。

　不可解な問いに答えてくれるかのように、その翌年、「平野遼没後二十年展」が北九州市立美術館で催された。そこに並べられた絵のひとつひとつが、的確に的を射、深く深く掘り下げられたものだった。

「抽象的表現とは不要なものを省いて直截に核心に迫ることであろう。凝視のうちに見えてくる型の内部に潜むものを摑みだしたい。対象の奥深く踏み込んで向こう側に出なくてはならない。」

　この平野の言葉どおりの絵が、一枚たりともはずれることなく並べられていたのだ。歯をむき出しにした馬の絵を見た時、胸の中がえぐられたようだったのを覚えている。

　ガラス張りの棚の中には、平野遼詩集『青い雪どけ』が置かれてあり、その詩集に添えられた詩人松永伍一の言葉に、私は言い知れぬ安堵感を覚えた。

「画家は画布に絵を描いているのではなく
　詩を描いているのだ。」

　やっぱりそうだったのかと、おぼろ気に思っていたことに太鼓判を押されたような喜びを伴った安堵感だった。

私の見ていたものはまぎれもなく詩であり、対象を凝視し尽したものにしか見ることのできないそのものの核心だったのだ。


平野遼は一九二七年、大分県佐賀関で生まれ、その後すぐ北九州に移り住んでいる。三歳で母親を十三歳で父親を亡くし、二人の兄たちも戦中戦後に亡くなっているようだ。嫁いだ姉宅に引きとられ、徴用令により十三歳から造船所で働き、一九四四年入隊、敗戦で除隊、困窮極まりない生活の中で、独学で絵を描いてきた画家だ。戦後上京するも食べていけず、一九五〇年には北九州にもどっている。

貧しい時を支えた妻清子さんをはじめ、詩人川崎覚太郎や松永伍一など親しい友人たちに宛てた手紙で構成されている平野遼書簡集『やわらかな視線』は、妥協することなく常にぎりぎりのところで誠実に疾走し続けた平野の核心に触れることのできる一冊である。

平野のアトリエには常に音楽が流れ、ランボオの肖像写真が掛かっていたとのこと。ベートーヴェンの弦楽四重奏曲について、

「弦楽四重奏は仕事の目標が薄れた時、少し自信を失った時に全身で聴く時、音楽が働きかける啓示は活字よりも直截に意識の底に潜んでしまった思考を磁石が鉄粉を吸いとるように、言語、色彩、型と量感を啓示するのである」

平野のエッセイ『地底の宮殿』に記されている。

平野の詩やエッセイに出会うことによって摑まれた襟首が緩みかけたころ、ちょうど去年の今頃、秋の深まる頃だった。私は再び「ギャラリー・ローアンバー」を訪ねた。私の他に客は無く、女店主のHさんを前に私は、せきを切ったように画家平野遼に対する思いをぶつけてしまった。

Hさんはとても喜んでくれた。彼女は、平野遼、清子夫妻と交流のあった方で、絵の手ほどきも受けていたとのこと、私がそこで見た抽象画は、平野のアトリエにあったものを、直接譲ってもらったとのことだった。

「ローアンバー」とは、平野が好んで使っていた色の名で、Hさんもその色が好きで、店の壁にその色を練り込み、店の名にしていたのだった。
自分がその色に包まれていることが分かった時、襟首のつかえから解放されたのを感じた。

「これから　死ぬまでまた遠い道だ
君は途中で倒れないか　僕……あゝそれは知らない
が　不断の努力はきっと、死に到る時
己を救ってくれるだろう
唯　画かねばならない　自分一個を。」
「やわらかな視線」妻清子への手紙から

夢

「夢はでっかく根は深く」。

以前、相田みつを展を観にいった折、たくさんの書の中から一枚だけ選んで購入したポストカードが、我が家の玄関に飾られている。この書を目にするたびに私は、大きな木を思い浮かべている。大きな木であればあるだけ、地中に深く広がった力強い根を感じられるからだ。そして、「夢」より「根」の方が少しだけ大きく書かれているところを見ると、根あっての夢なのかなと思ってみる。

夢にはどこか儚いイメージが付きまとうのだが、大きく根を張った木の見る夢ならば大歓迎、木登りをする子どもらの声、木の実をついばむ鳥たちのさえずり、夜空に輝く満天の星といったところだろうか。しっかりした根さえあれば、夢は無限大に広がるもののような気がする。

先ごろ、枯れたとばかり思っていた植木鉢から芽が出てきて驚いてしまった。

土の中で夢を見続けた種が、時とともに芽吹き花を咲かせたのだ。花びらの奥にも秘められた夢がある。

夢は何かと問われても戸惑う私だが、切に思うこと、願うことの中に夢があるのなら、人類という大きな木の根っこの部分を育んでいるであろう子どもらのことを思わずにはいられない。子どもらが夢を持てる世の中であって欲しい。

すべての根がひとつの幹につながっているのならば、せめて根毛のごとき我が家を大切に育んでいこうと思っている。何気ない日常に込められた夢もあるのだ。

生きている言葉

外を歩きながら、ふと広げた手帳の中から二枚の小さな紙切れが風に舞い上がった。朝日新聞の一面、大岡信のコラム「折々のうた」の切り抜きだ。新聞を手にした時、真っ先に目を通す部分であり、これはと思ううたは随分前からスクラップしている。風に舞い上がったのは、ノートに貼りそびれていたものらしい。慌てて紙切れを追いかけながら、こんなかたちでどんなうたに出会えるのだろうかと、ひいたおみくじを開く時のような期待感が過ぎった。一枚目はすぐに拾えたものの、二枚目は見事側溝の中に入ってしまった。半ばあきらめながら鉄板のふたの間から中をのぞくと、四角の切り抜きがしっかりと見えた。

魂はいづれの空に行くならん
　我に用なきことを思い居り

島木　赤彦

作者が教育界で活躍しながら、末期の胃癌の診断を受けたころの歌だった。大岡さんの解説にあるもう一つの歌は、「生きたかりけり」で結ばれていた。

わずかな隙間から見た歌は、新聞に固定されている時とは違った存在感を放っていた。肉体は滅びても、魂を込めた言葉は生きているのだと確信した。

びったれおどしに背中押され

先月上旬、それはそれは強い風が吹いた日のこと、それまでのうららかな天気が一転、冬に突入したかのようだった。地元出身ではない私は、玄界灘を望む北九州市ならではの風なのかしらと思いつつ外へゴミを出しに出た。

掃き掃除をしているお向かいさんに「すごい風ですね」と声をかけると、「うちの母親はこの風をびったれおどしと呼んどったわ」と八十歳になるお向かいさんから聞き慣れない言葉が返ってきた。

よくよく尋ねてみると、「びったれ」とは怠け者やだらしない人を意味する方言で、「びったれおどし」とは、この頃になっても冬支度が済んでいない怠け者を脅しに来る風とのことだった。

この風を全身に受けながら、てきぱきと働く母の姿を思い浮かべている人が大勢いるのだなあと思うと、荒れ狂う風に何ともいえないいとおしさを覚えた。さっきまでの冷たいだけの風にぬくもりを感じたのだ。その後、私は言うまでもなく、この風に背中を押されながら掃除に取りかかった。

社会のために活用の工夫を

先日、ご近所の方から、たくさん野菜を頂いた。近くの畑で収穫したものらしく、大根、ネギ、ブロッコリーなどだ。大きさといい、張りといい、その力強さに圧倒された。冬の大地に、根を張るものならではの勢いだ。スーパーに並ぶ季節はずれの野菜とは、けた外れの迫力だった。野菜のみなぎる生命力を見て、先日の胸の痛みがよみがえってきた。

豊作による価格の暴落を防ぐため、トラクターで白菜やキャベツを踏みつぶすテレビの映像を目にしたときの痛みだ。別の選択は出来なかっただろうか。

農家の人の「せっかくのキャベツをつぶすのは断腸の思いだ」という言葉からも、踏みつぶされたのは野菜だけでなく、農家の人たちの心にも痛手を与えたのだろう。

日の目を見ずに断ち切られた野菜の生命に「この社会では、はかない子どもの命も無関係ではないのかも……」と感じた。丹精込めて育てられた野菜たちが社会に貢献できることを願っている。

今年も一日一日大切に編んでいく

手先の不器用さにはかなり自信のある私。そうと知りながら、一緒に編み物をやろうと手取り足取り教えてくれる友人の出現により、昨年末、私は靴下やマフラーを編み上げて両親にプレゼントすることが出来た。想像だにしていなかったことだ。

友人によると、編み物のだいご味は様々な色の糸と糸とが混ざり合うところにあるらしい。何本もの糸が合わさることにより、思いがけない表情が生まれるようである。

人が一人として同じでないのも、互いに寄り合って新たな表情を生み出すためなのだろうか。友との出会いにより、不器用なこの私が靴下を編み上げたように。人生とは色や形の違ったたくさんの糸が織りなす反物のようだ。今年も一日一日を大切に編み込んでいこうと思っている。少々編みづらいところがあっても諦めることなかれ。そういうところこそ、美しい表情を生み出すやも知れぬ。友よ、ありがとう。

家族の足音

土曜日の朝、急におそってきた寒気は発熱の始まりで、まる二日、私を布団から離さなかった。

うつぶせになった状態で、夫の作ってくれたスープを口に運び、節々の痛みに耐えながら、苦しい眠りをむさぼっていたようだ。

日曜日の朝、部活の行事に出ていこうとする中一の娘にお弁当を用意してやれなかったので、「お金持ってるの？」と声をかける。

すると「もうお弁当作ったよ」という返事が返ってきた。「えらいねえー」と大げさに答えながら料理に疎い娘の言葉に度肝を抜かれていた。いったいどんなお弁当なのだろうと。

しばらくして受験を控えた心配だらけの中三の息子が入ってきた。「何も考えずに眠れ！」とさりげなく言って去っていく。身にしみる言葉だ。

畳の部屋で床と平行になっていると皆の足音が聞こえてくる。いつもと変わらぬ動きなのだが、足音だけ聞いていると、普段見落としているであろう姿が浮かび上がってくる。口うるさい自分自身にじゃまされることなく、皆の心の奥底に思いをはせていた。見えすぎることで、見えなくなってしまうものがあるのだ。

「家の中に響く足音はいいものだ」。そう思いながら私は何度も何度も寝返りをうつしかなかった。

詩人「宗左近」との出会い

詩人宗左近展「宙のかけらたち」が、北九州市立文学館で始まったのは、桜並木が赤く染まりその葉をこぼし始めた頃でした。偶然にもそれは、コールサック社の鈴木比佐雄さんの詩論「戦後詩を切り拓いた市川の詩人たち―福田律郎、鳴海英吉、宗左近の鎮魂詩の歴史」を、私が読み始めた時と重なっておりました。

鈴木さんの宗さんに対する熱い思いを知り、その思いが根幹となって、『大空襲三一〇人詩集』を編集・発行されたのだということを知り、宗左近という人物についてもっと知りたいと思った私は、迷うことなく、翌朝文学館へ直行しておりました。会場には、著作はもちろんのこと、写真や書など、彼の遺した言葉がたくさんの資料とともに紹介されておりました。整った展示室の中にはその時学芸員と私だけで、彼のふるさと北九州にて思う存分、その軌跡をたどることとなったのです。

宗左近は、一九一九（大正八）年、北九州・戸畑に生を享けた詩人であり、美術評論や翻訳など、多彩な文芸活動を展開された方です。

東京大空襲の炎の中、一緒に逃げていた母の手を離してしまい、母を眼前で失います。罪の意識にかられ、戦後を必死で生き抜くために発した「そうさ、こんちくしょう」という言葉が宗左近という名前の由来です。

一九六七年に、詩集『炎える母』を発表しています。

母よ
あなたにこの一巻を
これは
あなたが炎となって
二十二年の
炎えやすい紙でつくった
あなたの墓です
そして
わたしの墓です

生きながら
葬るための
墓です
炎えやまない
あなたとわたしを
もろともに
母よ

これは、詩集の初めにおかれた、献辞です。

この詩集の中には、炎の中逃げ惑う母子が、今でも生きています。今でも逃げ惑っているのです。過去などではなく、二十六歳の青年が今でも走っているのです。

私は、この詩集を編むに至るまでの、二十二年間の宗さんの心の内を突き付けられたようでした。

「河童の培養」という随筆の中で、宗さんはこの詩集についてこう言っています。

ぼくの母が炎の海のなかに残ってから二十二年たって、ぼくは『炎える母』という詩集を書いて、その炎の海の現場に立ち帰りました。その炎えている母に、その詩集でもう一度向かい合うことをしたと思っております。けれども、その作品は、詩の形をとりました。いわば、音楽というものの助けをかりて書かなければ書けませんでした。ぼくの奥からわき起こり、僕を引きさく音楽に身をゆだねなければ、ぼくは炎が母を焼く現場に帰れなかったのです。

このような時のために、詩は生まれたのかもしれません。

宗左近は、効率第一主義の工業地帯北九州を嫌っていたようです。それは苦しかった生い立ちに起因するところが大きいようです。しかし私は、「宙のかけらたち」にひたりながら、彼の北九州に対する強い愛を感じずにはいられませんでした。

「北九州は嫌いだ」で始まる新聞のコラムが、「それでも自分を、人口の虹のような若戸大橋の上に、突っ立たせたままにしておきたいのです。」で結ばれていて、私の中に熱いものが込み上げてきました。

若戸大橋は、若松と戸畑の間にある洞海湾にかけられた赤い大きな橋です。一九六二年、(昭和三十七)、東洋一の夢の吊り橋と謳われ開通したようです。ちなみに私は、この翌年大分で生まれました。結婚後移り住んだ若松にて、幼い頃病弱だった息子を車に乗せ、この若戸大橋を何度となく渡りました。

かつてこの洞海湾は、石炭を積んだ帆船で埋め尽くされていたようです。岸からは帆柱が林のように見えたようで、その写真も展示されていました。

明治から大正にかけ、国内最大の石炭生産を担っていた筑豊炭田から、若松港に石炭が集められ、瀬戸内海沿岸や阪神に運ばれていたようです。

貯炭場に高く積まれた石炭を「はしけ」とよばれる小型船に積み、沖の大型船に積み換える沖仲士、貯炭場から船へとバイスケ(籠)を使って運ぶ陸仲士(おかなかし)、これら「ごんぞう」と呼ばれた石炭荷役人によって石炭積出は支えられていたようです。

宗さんは、この光景が一望できるであろう若戸大橋を、虹のようなと形容しているのです。そこに自分を、突っ立たせたままにしておきたいと言っているのです。

鋭い視覚や嗅覚を持つ生きもののごとき植物のつるが、縦横無尽に伸び、思わぬところでその葉を茂らせたとしても、たくさんの実をつけたとしても、根のある場所はただ一つ、たとえそこが苦痛を伴う場所だとしても、そこ抜きには自分は存在しないのです。

宗さんは晩年、「中句」と名づけた一行詩を発表しています。

俳句以前で現代詩以前、そして両者の中間であるために「中句」と名付けたようです。

「直立した言葉の塔」と言っておられます。

北九州を詠んだ「響灘」を目にした時私は、宗さんはやっと北九州に戻って来ることができたのだなと、涙がこみ上げてきました。

響灘　潮が満ちれば必ず発熱する
帆柱山の沖の朝焼けよ　おれ　地球を出る
遠賀川　遠くの賀（よろこび）は近くの悲しみですか
あの世とこの世　牧山峠　一本道　きみとおれ
鳥泳ぎ魚飛ぶならそこがどこでも響灘

「中句」は、読むものではなく、感じるもののようです。

末尾の覚書の中で、宗さんはこういっています。

「帆柱山以下阿蘇山に及ぶ固有名詞は、日明（ひあがり）、紫川、青島などなどすべて実在の場所のものです。そして、むろん沖の端も、響灘も。

書き写しながら、深く感銘しました。これらの名前そのものが、宇宙詩なのです。何という生々しい形而上性をもつ子守唄がわたしを育んでくれていたことか。」

「響灘」は北九州の北に広がる海です。

私は、宗左近の産土（うぶすな）の地、北九州でなければ感じることができないであろう思いがあることを確信しました。


鈴木比佐雄さんの詩論のなかに、「宗先生は混沌とした迷いの問いを、一刀両断する鋭い回答者でもありました。」というくだりがあり印象に残っています。「二十世紀で最も優れた詩人は、誰でしょうか」と質問したとき、宗さんは間髪を入れずに「一番が宮沢賢治です。三番か、いや四、五番目に萩原朔太郎でしょう。」と答えたとのことです。

宗左近が、宮沢賢治の優れた解説者であったことを知り、私の心の中に浮かんだのは、「銀河鉄道の夜」の中に出てくる景色です。

「見えない天の川のずうっと川下に青や橙やもうあらゆる光でちりばめられた十字架がまるで一本の木という風に川の中から立ってかゞやきその上には青じろい雲がまるい環になって后光のやうにかかってゐるのでした」

銀河鉄道の終点、天上への入り口とされている南十字星を描写しているこの景色の中に立っている小さな十字架が、なぜか「中句」という言葉の塔と重なるのです。

この南十字星の左下の暗黒星雲がコールサック（石炭袋）で、カムパネルラが「あ、あすこ石炭袋だよ。そらの孔だよ」と言って指さします。ジョバンニはそれを見上げ、「けれどもほんたうのさいわひは一体何だらう」とつぶやくのです。

私を宗左近展に導いてくれた鈴木比佐雄さんは、石炭屋の息子として生まれ、宮沢賢治の詩的精神を「石炭袋」に入れ、二十七年前に「コールサック」（石炭袋）を創刊されました。

宗さんの世界に浸りながら私は、大きな円相のごとき環を思い浮かべていました。その中には、生きとし生けるものたちが巡っていて、始りもなければ終りもない、過去も未来もないのです。今という時もその中にあって、一瞬でありながら永遠でもあるのです。その円相から響いてくる音、それを宗さんは谺や波と呼んで交信しているような気がしてならないのです。

永遠のなかの瞬間　紅牡丹
過ぎ去った未来の谺　虹の影
祈るとはその波になること　宇宙海

「響灘」から

膨大な著書の、氷山の一角にも満たないわずかな言葉に触れただけの私に、ここまで大きな世界をみせてくれる宗左近、彼自身が宇宙のようでもあります。

こんなことを綴っている私のもとに届いたのは、詩誌「コールサック」80号でした。

「コールサック」（石炭袋）が季刊化されてから初めての冬号、リニューアルされた表紙を楽しみにしていたのですが、なんとその表紙には、天の川に浮かぶコールサックが、そしてそれを囲むように銀河鉄道が描かれていたのです。詩誌を開きますと、「平和をとわに心に刻む三〇〇人詩集」編集、発行への意気込みとともに、宗さんを含めた、市川の詩人たちへの、鈴木さんの熱い思いが散りばめられておりました。

みごとな演出に拍手を送りたいほどです。というのも最近私は、この世を去って行った人たちが、残された人たちの出会いを演出してくれているような気がしてならないからです。偶然とは思えないような出会いに、ありがたいという思いがつのります。天上界では大忙しなのではないでしょうか。

この世は、亡くなった人たちの思いで動いているのかもしれません。

最後に、宗さんの書の中からひとつ、

「影　ムコウムキニナッタ光ヨ」

柚子とカボス

祖父が生前手がけた柚子、カボス園を引き継いだのは二年前のこと、父の一周忌を迎える頃のことでした。「やってみらんね」という母の問いかけに、「やってみよう」と先にうなずいてくれたのは夫でした。

勤めを終えた後脳梗塞を患い、その後七年間歩くこともままならなかった父とそれを支えた母、近所の人に収穫だけは委ねていたものの、その間手入れはほとんど行われておらず、園というには程遠いい荒れ果てた状態でした。

そこへ初めて足を踏み入れたのは昨年夏のこと、一度も使ったことのなかった草刈り機を肩にかけ、夫と交代で背丈ほど伸びた草を無我夢中で刈り取りました。柚子、カボスの木には蔦が絡まり、たくさんの苔が生え、朽ちて倒れてしまった木もありました。

夫の勤務先は北九州で、大分の実家に戻れるのは二週間に一度ほどでしたが、ありがたいことに、母はいつも昼食を用意してくれていて、夫と私はお腹を満たした後現地に向かいました。そこは、里山のふところのような場所で、行くたびに、タヌキがそそくさと去って行ったり、うさぎが横切ったり、妙に甲高く鳴く鳥がいたり、そのたびに私は、父が会いに来てくれているのだなあと感じてしまうのです。まったくもって、天上界の人は変幻自在のようです。

カボスの木に覆いかぶさっている笹竹を取り払おうと、汗びっしょりになって、迫りくる竹を刈り取りながら進んでいると、山を開墾した当時の祖父の苦闘と、それをものともしないたくましさが、脳裏をかすめました。

明治四十年生まれの祖父は終戦後帰還、故郷にて農業に真摯に取り組んだようです。口数の少ないやさしい人でした。祖父のようなやさしいまっとうな人間に、人をあやめることを強いたであろう戦争のことを思うと、私は無性に悲しくなるのです。

群生した笹竹を刈り取る作業は、祖父の営みをつまびらかにして行く作業のようでもありました。木に絡まった蔦を外し、苔をおとしながら、私はその幹や枝に言い知れぬ愛おしさを感じました。遠くへ行ってしまった父や祖父母と対話しているようでもありました。

今年も、ご縁のあったたくさんの方々に、柚子やカボスを届けることができました。

少量ですが、今年は出荷も試みてみました。

故郷の柚子やカボスの果汁が、たくさんの人たちの体内を巡っていることを思うと、私は無性に嬉しくなるのです。

年末、朽ちてしまった木のあった場所に、夫とふたりで晩白柚(ばんぺいゆ)の苗木を植えました。直径二十センチ以上の大きな蜜柑です。

自分の土壌に出会えた晩白柚は、春を待ちわびながら、根毛をときめかせていることと思います。

詩「手」

（友人の母の手によせて）

モルヒネの海をさ迷いながら
母の手は
巧みに操られていた
病室のベッドの上
母の手は
それはこまめに動いた
明らかに
料理する手さばき
夫のため　子らのため
一日たりとも欠かしたことのなかった軌跡

手は記憶していたのだ

キャベツ刻む時
母の手がふと蘇る
煮え立つ鍋のふた開ける時
母の思いがふと立ち上がる
それは日に日に頻度を増し
私の手は
母の手に近づいて行く

詩「さがしもの」

さがしものをさがしていて
さがしものは見つからず
思いがけないものにでくわす
それはずいぶん前にさがしたけど見つからなかったもの
さがせばさがすほどそのものは見つからず
なくしたことすら忘れていたものがでてきてはっとする
忘れたもののために
さがしものはさがしものになってくれたのだろうか
なんという粋なはからい

なくしてみないとわからないことがある

なくさないとわからないのだ
なにもかも

さがしものは
自分がどれだけ大切なものか
知ってもらいたくて
さがしものになったのかもしれない
ほんとうに出会いたいがために
息をひそめてじっとまっているのだ
時が熟すのを

さがすことに執着することなかれ
目に見えないからといって
うろたえるな
そのものと内側で呼応する

貴重なときを得たのだ

さがしものはきっと出てくる
思いがけない場所で
思いがけない時に
さがしものはもう一度会いたくて
さがしものになるのだから
さがしものに
まかせておけばいいのだ

詩「祈り」

生きよ生きよと言っているのは
誰なのだろう
生きよ生きよと言いながら
試練ばかり投げかけてくるのは
いったい誰なのだろう

数え切れない屍（しかばね）の眠る大地に
月はのぼり
果たされなかった夢や願いが
絶え間ない祈りにつつまれてある

春という命の根源に耳を澄ます人

矢城道子エッセイ集『春に生まれたような――大分・北九州・京都などから』に寄せて

鈴木比佐雄

1

矢城道子さんの詩やエッセイを読んでいると、私たちの暮らしの足元には、豊かな自然の恵みや人びとが培ってきた歴史的な事物や、それらを生かす文化的な関係性が広がっていることに気付かせてくれる。そのまっさらで根源的なものに立ち還ろうとする精神性が、エッセイ集『春に生まれたような――大分・北九州・京都などから』を生み出したに違いない。矢城さんの言葉の原点には、目の前に広がる感動的なものを受け止める感受性が、それを失わないようにいかに言葉に保存したいという衝動を感じさせてくれる。しかしその言葉を独り言に終わらすことなく、矢城さんはその感動を伝え共有したいと願って、新聞投稿のエッセイや詩を書き続けてきた。誰から勧められたのでなく、感動を母胎にした自然発生的な書き方でありながら、多くの人から読まれる前提で書こうと試みてきた。本書にもかなりの投稿記事が再録されているが、これらを読むと感動を基盤とした個人言語でありながら、時代の多様な喜びや苦悩などの問題点を直視しようとする公的言語に転化していく可能性にも満ちている。きっと親しみのあるコラムを書くような思いを抱いて継続されてきたように思われる。その意味では言葉の機能を本来的に生かし役立てようと願っていたのだろう。

矢城さんは、大分県生まれだが、現在は福岡県北九州市に暮らしている。二〇一三年春の桜の咲く頃に矢城さんから電話があった。コールサック社の「詩人のエッセイ集」シリーズ②の淺山泰美『京都　銀月アパートの桜』を読んだ感動を、編集し解説を書いた私に率直に伝えてくれた。私は矢城さんが共有する美意識を発見した喜びを語ってくれた声を今も覚えている。実は淺山さんのこのエッセイ集は、今までも少数だが熱烈なファンを生み出したり、創作者たちにも刺激を与えてきた。あるオブジェ作家の女性はこの本の魅力に影響されて京都に住まいを移したり、ある詩人は自分もエッセイ集をまとめてしまった。矢城さんにとってもこのエッセイ集は、本格的にエッセイを書くきっかけになった。その後に矢城さんは詩誌「コールサック」（石炭袋）にエッセイや詩を寄稿するようになった。そしてそれが今回のエッセイ集につながっていったことは、きっと何か浅山さんの続刊エッセイ集『京都　桜の縁（えにし）』の題名のような不思議な縁があったのだろう。

2

本書は序詩と七章「春の章①、春の章②、夏の章①、夏の章②、秋の章①、秋の章②、冬の章」から成り立っている。各章の冒頭と最後には必ず詩篇があり、詩とエッセイが融合しているのが本書の特長で、矢城さんは詩とエッセイを織り込んだ独自の本を作りたいと願っていたようだ。

序詩「桜の下で」一連目を読むと矢城さんの心の内奥が何を目指しているかが分かる気がするので、引用してみる。

自然と涙込み上げてくる悲しみがあり／自然と涙込み上げてくる喜びがある／ふたつがぶつかり合うと／うまい具合に溶け合って／空しさと慈愛をこめた／奇妙な微笑みが出来上がる

この「奇妙な微笑み」とは、一体何だろうか。冒頭の二行は、「桜の下で」きっと愛する人を失った悲しみや、その大切な人から生きる勇気を与えられた喜びなのかも知れない。死に行く者と生を享ける者の両者を受け止めなければならないと、生き残った者の定めを記しているかのようだ。祖父母や父母などの愛する者を忘れずに、新たな生を得た子どもたちを慈しみ育てる若い母の思いが、このような複雑な感情を描かせたのだろう。私たちにとって桜が咲き散っていく木の下で、引き起こされる奇妙な感情は、かつてともに花見をした多くの人びととの出会いと別れを想起させ、この世の儚さに襲われながらも、新たな生への希望も抱かせるのだろう。「奇妙な微笑み」とはそんな希望を指し示しているのであろう。

「春の章」の冒頭の詩「春に生まれたような」は本書のタイトルにもなった詩であり、矢城さんの感受性の特長を象徴的に現している。冒頭の四行を引用してみる。

私は八月に生まれた／少なくとも両親はそう言う／しかし私は／春に生まれたような気がする

矢城さんは八月に生まれながらも、春に憧れていてそれが高じて「春に生まれた気がする」という直観にとらわれる。それは冬から春になり花が咲き樹木が芽吹くように、夏や秋や冬の中にも命の誕生の芽である「春」が存在しているのではないかと感じている。つまり命の根源の季節として春を別格の季節と感じて、春の息吹に耳を澄ましているのだろう。西行が桜の咲く頃に死にたいと願ったことは、新たな生に生まれかわりたという願望であり、同様に矢城さんもまた新たな春に生まれかわりたいという願望を抱いているのかも知れない。その意味で矢城さんの直観はとても重要な指摘をしていると感じられた。

エッセイの冒頭の「書くという喜び　――詩について」は、喫茶店の店主が記した「レモン」という詩が詩を書くきっかけになったことを記している。また詩作することやその詩を発表することの迷いを抱いていたが、「問題は、その詩をちゃんと聴いてくれるだれかをみつける、ということなんだ」（『詩の好きなコウモリの話』ランダル・ジャレル作、長田弘訳）という文章を読み、自分にとっての真の読者と出会う可能性を語っている。

「愛は心の木　――音羽山の千本桜」では、その桜を植えた人びとの思いをタイトルにしている。それに続く「緻密な記憶　――台所の梅の枝」、「子規の病床六尺　――梅も桜も桃も」、「南吉のタンポポ　――故郷の空気」、「紅梅だろうか　――引っ越し先の庭木」、「春の絵手紙　――ユキヤナギが散る」、「英彦山（ひこさん）の鹿　――父の通夜」、「心の写真　――シャガの花が咲き」、「マツバウンラン　――春の熟した頃」、「花どろぼう　――スミレとハナニラ」、「ホトトギス」などのエッセイでは、梅、桜、桃だけでなく、タンポポ（蒲公英）、ハナズオウ（花蘇芳）、ユキヤナギ（雪柳）、レンギョウ（連翹）、石楠花（しゃくなげ）、シャガ（著莪）、マツバウンラン（松葉海蘭）などの春を彩る花々草木を慈しんで書き記している。

春の章の最後のエッセイ「『京都　銀月アパートの桜』との出会い」では、銀月アパートの枝垂桜の「得体の知れない美しさに、ただ驚いて立ちつくしていた」矢城さんが、浅山泰美さんのエッセイ集を読み、その美しさの謎を簡単に解いたつもりになってはいけないことを示唆されるのだ。最後の詩「春」は、「春になると／体内に収まりきれなくなった感情」が自然に溢れ出てくる様を表出している。

春の章②「大地の魔法　――新聞掲載」には、三篇の詩と十編の新聞投稿記事が収録されている。

冒頭の詩「春の雨」は、「春の雨だけにしかない／音がある」と命を育む春の雨のやわらかな響きを伝えている。また十編のエッセイでは、リュウキンカ（立金花）、タネツケバナ（種漬花）、ギボウシ（擬宝珠）、ハナミズキ（花水木）、ヤエザクラ（八重桜）、ドウダンツツジ（満天星躑躅）、ヤマブキ（山吹）、オガタマ（招霊）、シダレザクラ（枝垂桜）などの野草や植木の固有の美しさとその命の輝きを伝えてくれている。その中の「散歩で感じる自然の大切さ」では、「川は地球を走る血管のようだ」と地球という惑星を一つの生命体と直観している。

詩「ドクダミの花」では、その花が「一つの言葉をぎゅっと握りしめたままだ」と花の無言の語りかけを感じている。詩「創」では、春から初夏にかけての奇跡のような創造力に驚き「創造主に感服する」と告げている。

3

〈夏の章①「夏の匂い」〉は、二篇の詩と十二編のエッセイが収録されている。冒頭の詩「がまがえる」では、梅雨の中を何か分からないが探しものをしていた。すると「がまがえる」だけしか見つからなかったが、何か救いを感じさせてくれる光景だ。

エッセイ「夏の匂い」は、入道雲の下で繰り広げられている「雷と雨の戦い」を記している。「かなりや」では、西條八十の童謡「かなりや」が「生活苦から詩の創作を中断して」いる者たちを励ます詩であることを再発見している。「槿花一朝の夢」では、槿の次から次へと咲き続ける生命力の強さに羨望の眼差しを注ぐ。「選ぶ」では、大岡信の新聞コラムを切りぬく基準は、「内なるものと呼応する微妙な一瞬なのだと」という。「鈴虫」では、最終的には雄を食いつくした雌が、卵を抱えて生き残る」凄まじい生の実相を見詰めている。その他のエッセイ「一枚の写真」では「飛び立つ特攻隊員の写真」、「戦場のピアニスト」ではナチスのユダヤ人大量虐殺、「蜂」ではアメリカの同時多発テロとイラク攻撃、「彫刻刀」では、「質の悪い彫刻刀」であるイラク戦争などの社会問題を身近な視点で受け止め考えようとしている。また「タカサゴユリ」、「ジンジャー」、「変化」などでは「タカサゴユリ」（高砂百合）、「ジンジャー」、サルスベリ（百日紅）などの夏の花の思い出が矢城さんの生きる存在証明にもなっている。最後の詩「心に蠢くものがある限り」では、このタイトルである「心に蠢くもの」に向かって矢城さんは書き続けていきたいと願っているのだろう。

〈夏の章②「時の花　——新聞掲載」〉では二篇の詩「せみ」と「球根」、十二編のエッセイ」で、夏の野草や樹木や植木などを通して命の燃焼を感じ、また世界の悲劇の場所で苦悩する人々にも思いを寄せている。

せみ、ムクゲ（槿）、ネジバナ（捩花）、ツバメ、タチアオイ（立葵）、ムクドリ（椋鳥）、キジバト（雉鳩）、センニチコウ（千日紅）、エノコログサ（狗尾草）、でんでんむしなど

の夏の最中の生の燃焼を見詰め、さらに子供を傷つける地雷、経済制裁で苦しむ子どもな

どにも目を向けている。

〈秋の章①「風を生む種を」〉では、二篇の詩「風を生む種を」と「他人を非難してい

るようなときは」、エッセイ八篇が収録されている。〈秋の章②「愛」心に響く ——新

聞掲載〉では、二篇の詩「固執するようなものは何もない」と「銀杏」、エッセイ十編か

ら成っている。エッセイの「秋」では、「秋はそこらじゅうの大気を席巻、心の中にまで

忍び込むことのできる透明な生きものだ」と語り、秋の透明感を伝えてくれている。また

エッセイ「ふるさとの秋に包まれて潤う心」や詩「銀杏」などで大分の祖父が残した柚子、

カボスを夫と一緒に収穫を再開したり、祖父が植えた銀杏の木を通して先祖の霊や宇宙意

志のようなものを感受している。

〈冬の章「さがしもの」〉は、詩「ふと」、「手」（友人の母の手によせて）、「さがしも

の」、「祈り」の四篇と九編のエッセイから成り立っている。エッセイの〈詩人「宗左近」

との出会い〉では、北九州・戸畑生まれの「宗左近展　宙（そら）のかけらたち」（北九州市立文

学館）の紹介をしながら、宗左近の詩と中句との出会いとその宇宙観に共感を覚えている。

矢城さんはそんな新たな出会いや春の根源に潜む「さがしもの」を求めてこれからも詩と

エッセイを書き続けていくだろう。最後に詩「さがしもの」を引用したい。春という命の根源やそんな季節感を愛する人びとにこのエッセイ集を読んで欲しいと願っている。

さがしもの

さがしものをさがしていて／さがしものは見つからず／思いがけないものにでくわす／それはずいぶん前にさがしたけど見つからなかったもの／さがせばさがすほどそのものは見つからず／なくしたことすら忘れていたものがでてきてはっとする／忘れたもののために／さがしものはさがしものになってくれたのだろうか／なんという粋なはからい／／なくしてみないとわからないことがある／なくさないとわからないのだ／なにもかも／／さがしものは／自分がどれだけ大切なものか／知ってもらいたくて／さがしものになったのかもしれない／ほんとうに出会いたいがために／息をひそめてじっとまっているのだ／時が熟すのを／／さがすことに執着することなかれ／目に見えないからといって／うろたえるな／そのものと内側で呼応する／貴重なときを得たのだ／／さがしものはきっと出てくる／思いがけない場所で／思いがけない時に／さがしものはもう一度会いたくて／さがしものになるのだから／さがしものに／まかせておけばいいのだ

初出一覧

序詩「桜の下で」　未発表

春の章①「春に生まれたような」

詩「春に生まれたような」　未発表

書くという喜び――詩について　「コールサック」78号

愛は心の木――音羽山の千本桜　未発表

緻密な記憶――台所の梅の枝　未発表

子規の病床六尺――梅も桜も桃も　未発表

南吉のタンポポ――故郷の空気　未発表

紅梅だろうか――引っ越し先の庭木　未発表

春の絵手紙――ユキヤナギが散る　未発表

英彦山の鹿――父の通夜　未発表

心の写真――シャガの花が咲き　未発表

マツバウンラン――春の熟した頃　未発表

花どろぼう――スミレとハナニラ　未発表

ホトトギス　未発表

『京都　銀月アパートの桜』との出会い「コールサック」76号

詩「春」　未発表

春の章②「大地の魔法――新聞掲載」

詩「春の雨」　未発表

春を告げる花　リュウキンカ　「朝日新聞」声（2008／3／1）

自然に咲いた　タネツケバナ　「朝日新聞」声（2006／3／12）

春の息吹放つ　ギボウシの葉　「朝日新聞」声（2005／4／16）

ものみな輝く季節に胸弾む　「朝日新聞」声（2008／4／28）

不思議な匂い　オガタマの花　「朝日新聞」声（2005／5／20）

散歩で感じる自然の大切さ　「朝日新聞」声（2008／5／24）
「鬼哭啾々」を知った出会い　「朝日新聞」声（2006／5／26）
人々の心を慰めたモンゴル民話　「朝日新聞」声（2011／3／25）
もし私だったらポリ袋に何入れる　「朝日新聞」声（2011／5／17）
詩「ドクダミの花」　「コールサック」79号
詩「創」　「コールサック」79号

夏の章①「夏の匂い」

詩「がまがえる」　未発表
夏の匂い　未発表
かなりや　未発表
僅花一朝の夢　未発表
選ぶ　未発表
鈴虫　未発表
一枚の写真　未発表
戦場のピアニスト　未発表
蜂　未発表
彫刻刀　未発表
タカサゴユリ　未発表
ジンジャー　未発表
変化　未発表
詩「心に蠢くものがある限り」　未発表

夏の章②「時の花 ——新聞掲載」

詩「せみ」　未発表
生命みなぎる梅雨を楽しむ　「朝日新聞」声（2006／6／30）
心の「時の花」大切にしたい　「朝日新聞」声（2006／7／22）

我が家の庭にネジバナ咲く　「朝日新聞」声（2007／6／27）
ウオーキング　「朝日新聞」ひととき　2007／6／14）
ターシャさん心に残る言葉　「朝日新聞」声（2008／6／28）
台風とヒナ　「朝日新聞」ひととき（2004／6／25）
減る家族補いキジバトが巣　「朝日新聞」声（2008／8／4）
二種の野草でブーケを作る　「朝日新聞」声（2008／9／9）
悲しみ分かち合える幸せに気づく　「朝日新聞」声（2010／6／18）
縁あればこそ今生を生きている　「朝日新聞」声（2010／8／18）
子供を狙った地雷知り怒り　「朝日新聞」声（1998／5／26）
「経済制裁」で苦しむ子供ら　「朝日新聞」声（1998／6／27）
詩　「球根」　未発表

秋の章①　「風を生む種を」
詩　「風を生む種を」　未発表
曼珠沙華　「コールサック」80号
キンモクセイ　未発表
天高く人間という落し物　未発表
朝顔の種　未発表
一瞬の感動　未発表
毒煙の中で働く少年たち　未発表
ドナドナ　未発表
秋　未発表
詩　「他人を非難しているようなときは」「コールサック」80号

秋の章②　「愛」心に響く　――新聞掲載
詩　「固執するようなものは何もない」　未発表
五十六年ぶり帰郷　尽きぬ悲しみ　「朝日新聞」声（2002／10／31）

「愛」心に響く　マザーの言葉　「朝日新聞」声（１９９７／９／21）
上野焼との出会い　「朝日新聞」ひととき（２０１０／11／18）
悩んだ時には必ず救いある　「朝日新聞」声（２００６／９／16）
「ごみ」問題を克服するには　「朝日新聞」声（２００１／10／１）
輸血を控えた主治医に感謝　「朝日新聞」声（２００７／10／29）
涙が止まらず　バス水没記事　「朝日新聞」声（２００４／11／16）
小さな種に思う　「朝日新聞」ひととき（２００５／11／18）
春への思い大地に託し種をまく　「朝日新聞」声（２０１０／11／11）
ふるさとの秋に包まれ潤う心　「朝日新聞」声（２０１０／10／８）
詩「銀杏」　『水・空気・食物３００人詩集』コールサック社

冬の章　さがしもの

詩「ふと・・・」　未発表
画家「平野遼」との出会い　「コールサック」77号
詩人宗左近との出会い　未発表
柚子とカボス　未発表
夢　未発表
生きている言葉　未発表
びったれおどしに背中押され　「朝日新聞」声（２０１０／２／20）
社会のために活用の工夫を　「朝日新聞」声（２００６／12／14）
今年も一日一日大切に編んでいく　「朝日新聞」声（２０１１／１／21）
家族の足音　「朝日新聞」ひととき（２００５／３／３）
詩「手」（友人の母の手によせて）　未発表
詩「さがしもの」　「コールサック」79号
詩「祈り」　現代詩手帖（２００８年８月号）「四川大地震、日本からの声」
その後翻訳され、中国の雑誌「詩歌月刊」に掲載される（２００９年）

あとがき

次の文章は昭和六三年、私が二四歳の時、「40カラット」という女性誌に寄稿した文です。このような大それたことを書けるのも若さゆえだと思います。あれから三〇年近くの時が過ぎようとしているのですが、この聖書の言葉は、いまだ理解されないまま、私を魅了してやみません。人間は、そうそう変われるものではないようです。

「初めに言(ことば)があった。言は神と共にあった。言は神であった」。という聖書の言葉を学生時代に知ってから、早四年が過ぎようとしています。あの頃どうも理解できなかったこの言葉が、今私にどんどん迫って来ているのです。生まれてから今日まで、いろいろなものが私の心の中を通りすぎてゆきました。けれど唯一過ぎ去らずに残ってくれているもの、それは詩、あるいは詩的感覚と言ってもいいでしょう。一瞬にせよ今私は、詩や物語の中でいろいろな表情をちらつかせながら、時としてものすごい光を放つことのできる、言葉という生きものに驚かされているのです。多分この言葉の持つ神秘性が、聖書の言葉をも蘇らせてくれているのだと思います。今はただ、ひとつでも多くの言葉に出会いたい、驚かされたい。もちろんその言葉は、活字になったものの中にのみあるのではなく、目に見える、心に感じる、すべてのものの中に潜んでいるのだと思います。私はさまざまなものの中に秘められた、光る言葉を見いだし、かつ生み出したいのです。言葉は私の命、いえ、命以上に生きています。だから、今、言葉に夢中。

生まれて初めて投稿した文が、朝日新聞「声」の欄に掲載されたのは、結婚した翌年、平成元年春のことでした。長男を身ごもりながら、小さな部屋の小さなテーブルで、何気なく書いた文を、たくさんの人たちが読んでくれているのだと思うと、言い知れぬ喜びで満たされました。

あれから二六年、ぽつりぽつりと書き続けてきました。

今、その拙い文を読んでいきますと、知らず知らずのうちに、自分が大切にしてきたであろうものが見えてくるのです。そしてつくづくと思うことは、どの文もその時の自分にしか書けないということです。

掲載された文もされなかった文も一様に、私にとっては愛おしい存在です。

それを読むと、その時自分の置かれていた状況、その時の空気が蘇ってくるのです。

「問題は、詩を作ることじゃないんだ。問題は、その詩をちゃんと聴いてくれるだれかをみつける、ということなんだ」（一八頁）

私に大切なことを気づかせてくれたこの言葉は、詩に限ったことではありません。何をやっていても、大切なのは、そのものではなく、それを共有し合えるだれかなのです。人は人とのふれあいなしには生きてゆけないのです。

人は誰しも、自分のことをほんとうに理解してくれるだれかを、無意識のうちに探し求めているのだと思います。

そのだれかをみつけるのは容易ではありません。けれどあきらめずに、何かをこつこつと続けていくということ、そのことがおのずと、そのだれかへつながる道となっていくのではないでしょうか。

一昨年、浅山泰美さんの『京都　銀月アパートの桜』に導かれ、詩誌「コールサック」と出会いました。ずっと思い続けていた「詩」を発信する場をいただいたのです。コールサック社の鈴木比佐雄さんからかけられた「何よりも詩的精神を促す土壌が大切です」という言葉は、強い説得力で私の中に入ってきました。

幸運にも私は、自分の詩を、ちゃんと聴いてくれるだれかと出会うことができたのです。そして、今まで書いてきたものを、本にする機会をいただきました。ありがたい出会いでした。

賛成してくれた夫に心から感謝しています。口には出さずに、いつも私を応援してくれているのを感じます。ありがとう。ふたりの母に、他界してしまった父と祖父母に、私たちのもとに生まれてきてくれた息子と娘に、私をいつも励ましてくれる友人たちへ、感謝を込めて捧げます。私を見守ってくれているすべての人にこの本を届けたいです。

まだ出会ったことのないだれかが読んでくれるのだと思うと、どきどきしてきます。もったいない喜びです。

この喜びに導いてくださったコールサック社の鈴木比佐雄さんに、心から感謝しています。編集、そして解説を書いて下さりほんとうにありがとうございました。帯文を書いて下さった浅山泰美さんに、装画を描いてくれた息子の矢城真一朗に、装丁デザインなどをして下さった杉山静香さん他コールサック社のスタッフの皆様に、心より感謝申し上げます。

二〇一五年一月　　　　矢城道子

矢城　道子（やしろ　みちこ）略歴

一九六三年　大分県宇佐市院内町に生まれる
　　　　　　祖父母と両親、姉弟の七人家族の中で育つ
一九八三年　活水女子短期大学卒（長崎県）
　　　　　　オランダ坂の上にある学生寮にて過ごす
一九八八年　結婚後福岡県北九州市へ
　　　　　　この頃から、朝日新聞への投稿を始める
　　　　　　二児の母となる
一九九三年　夫の転勤により三重県桑名市へ
二〇〇一年　愛知県日進市へ転居
　　　　　　小原流（華道）三級家元教授取得　雅号「萌春」
二〇〇四年　「斎藤緑雨没後百年記念アフォリズム」（全国公募）優秀賞受賞
二〇〇六年　ストーリーテリング（昔話など暗記し、身体に染み込ませてからの語り）に

出会う「ピピンの会」（名古屋市）にて活動
二〇〇八年　「現代詩手帖」（四川大地震日本からの声）に詩が掲載される
翌年中国語に翻訳され、中国の雑誌「詩歌月刊」に掲載される
二〇一〇年　夫の転勤により、再び北九州市へ
「聴き耳の会」（福岡県春日市）に参加　（ストーリーテリングの会）この会
で出会った友と「らんぱんぱん」（北九州市）「おはなしたまてばこ」（北九州市）に所属
「前田どんぐりの会」（北九州市）を結成。
し活動（子供たちにおはなしや絵本を届ける）
二〇一三年　詩誌「コールサック」（石炭袋）に出会い　詩やエッセイの投稿を始める
二〇一五年　『春に生まれたような――大分・北九州・京都などから』発刊に至る
祖父の代から受け継いだ柚子、カボス園復活のため、夫とともに奮闘中。

現住所　〒八〇八―〇一四三　福岡県北九州市若松区青葉台西五―一二―七

矢城道子エッセイ集
『春に生まれたような――大分・北九州・京都などから』

2015年3月1日　初版発行
著　者　　　矢城道子
編集・発行者　鈴木比佐雄
発行所　株式会社 コールサック社
〒173-0004　東京都板橋区板橋2-63-4-209
電話 03-5944-3258　FAX 03-5944-3238
suzuki@coal-sack.com　http://www.coal-sack.com
郵便振替　00180-4-741802
印刷管理　（株）コールサック社　製作部

*装幀 杉山静香　装画 矢城真一朗

落丁本・乱丁本はお取り替えいたします。
ISBN978-4-86435-185-0　C1095　¥1500E